ペリーの巣

あいち
あきら

編集工房ノア

——川崎彰彦氏に捧ぐ

ペリーの巣

装幀　平野甲賀

ペリーの巣

平和通りの夕市が立ち並ぶメシ屋で、店の主人に一晩泊めてもらえないかたずねてみたが断られてしまった。

街灯が切れかかったさびれた裏町をさまようううちに、西部劇に出てくるようなサロンを真似て造った喫茶店の前に出た。店の中で何かやっていそうなので気になりのぞいてみた。薄暗い照明の中でその一隅だけ明るくスポットライトに照らし出された下で、男がギターをかき鳴らし歌っていた。ぼくがぼんやり突っ立っていると、この店のアルバイトらしい女性が、ぼくのそばに寄ってきて、コンサートの券を買ってくれないかと声をかけてきた。はしゃぐような調子で何やら説明を加えたが、ギターの音にかき消されていっこうに聞きとれなかった。「どこから来たの」とか「何しに来たの」とか早口でまくしたてるので、面倒くさくなってついぼくは「オオサカや」と、つっけんどんにこたえてしまった。彼女はフンと、憤慨したのかその後何も言わずすーっと店の奥へ消えてしまった。いい気がしなかったが、ぼくは歌い手から遠い、いちばん奥の隅のテーブルに腰かけた。

　コーヒーを注文し、退屈なきもちでフォークソングを聞いていた。ぼくのすぐ横の席で、椅子を二つ並べた上に横たわり、咳き込みつつ今にも嘔吐でもしそうな格好でいる男がいた。右腕を横になったからだの上に乗せ、それでも大声を張り上げる調子外れの歌に聞き入っているのか、太股のあたりで手で軽く拍子をとっている。

　ぼくはコーヒーをひと口啜り、便所に行って戻ってくると、男はからだを起こしていて、今度は上体を前後に大きく揺すり、その勢いで首をぐらぐらさせ、ギターのリズムに合わせて、からだ全体で拍子をとっているのだ。椅子に座ろうとしたときに男が声をかけてきた。

「お前さん、どっから来たの」

　ロレツのまわらないどこか空気の抜けたような声だった。

「オオサカです」と、相手の顔も見ずにそうこたえた。なんとなく胡散臭くて危なっかしい感じがしたので、軽くつっぱねるつもりだったのだ。

「オレ、東京からだよ」と、今度はいやになれなれしい口調でそう言う。痩せていて顔色が蒼白く病的な感じがした。無精ヒゲを一センチほどまばらにたくわえ、そんな顔の中にうつろで焦点が合っていない眼がぼくのことを見ていた。どこかもの憂く疲れた表情をしていて、肩くらいまである長髪は、よじれて途中でいくつか団子になっていた。

「いつ来たの」

男はぼくの方へいざりよる格好でまたそう言った。

「今日、来たとこや」と、ぶっきらぼうにそうこたえた。近寄ってくる男からは澱んだ鼻をつく異臭がした。ぼくはたえきれず、背もたれにわずかにのけぞっていた。

「オレさ、ひと月ほど前に来たんだけどさ、那覇に来たときには七十円しかなかったんだよ、うふふふ」

男はよだれが出かかるのを手で拭いながら笑っていた。

「沖縄に着くなりドカタやってさ、少し儲かったんだけどさ、このコーヒー代を払やあ一文なしさ」

男は無精ヒゲの間から虫歯をのぞかせて笑ってみせた。前歯が一本抜けていて、ものを言うたびにシーシー空気が漏れる。

ぼくは男の話を「へえー」、「ふうーん」と取り合わずにいた。

さっきまで空席があったのだが、店の中が少しずつ人で埋まっていく。三人のフォークグループが代わって登場して歌いはじめた。ゴードン・ライトフット「朝の雨」。ギターとマンドリンとウッドベース。なんという心地良い音色だ。それに引っぱられて客の数人が歌い、ついに手拍子に合わせて大勢が歌い出した。はじめて聞くバンドだが、地元では昔からの人気グループのようだった。

「お前さん、今夜泊まるとこあるの」

男の声は、突然始まった大合唱にかき消されそうだったがそう聞こえた。

「まだ決めてない」とぼくは騒然とした中で返事した。

「じゃあ、俺んちへ来てもいいぜ」

と男が声を強めた。聞き取りにくく半信半疑だったがぼくは少し気を入れて男の話を聞く気になった。

「家が、あるの」と、聞くと、

「家くらいはあるさ」とこたえる。何がおかしいのか、ククククと腹に手をあてがい、顔をくしゃくしゃにして、声をノドの奥で押し殺したような奇妙な笑い声だった。

変わった男だと思ったが、ぼくは内心腹の奥で『しめた』と思った。今夜の宿をどうしようかと考えていたところだった。今から探すのも面倒だし、無けりゃ無くてもいいやと思っていたのだ。何処か、たとえば公園の屋根のあるベンチがあれば、そこで夜明かしすればいいのだ。ほぼそんなふうに腹に決めていたところだった。たとえこの男が何者であろうが、そんなことは今のぼくにとってはどうでもいい事だった。とにかく家があるのなら、そこでひと晩過ごす事さえできれば。

「ほんとうにお邪魔してもええのか」

「うん、お邪魔なものか、それに家って言うほどだいそれたもんじゃねえよ、少しばかり汚いけどね、よかったらどうぞ」

男は何の懸念も抱かず笑ってそう言うのだった。

「家って何処にあるの」

ぼくはそうと決まればすぐに行ってみたくなってたずねてみた。

「ペリーさ」とこたえる。

「ええ、ペリー?」と聞くと、

「ペリー」だという。

「ペリーという地名なのか」

とたずねると、地名だとこたえた。聞いたことがなかったし沖縄の古い地名なのかと聞くと、

「たぶんペリー提督のペリーだと思うよ、知らないんだけどな」と言ってまた笑った。男も怪しげだったし、ペリーなどというのも怪しげな地名だと思った。

三人のバンドが終わると、急に店の中がざわついて客がさらに増えた。入り口にも通路にも人があふれてたちまち満員になった。スポットライトの下に歌い手が一人現れた。「マヨナカシンヤ」という沖縄の人気シンガーだとわかった。拍手と歓声が上がり店内の空気がガラリと変わった。今夜の客の目当てはこのシンガーなのだ。何だそうだったのかと思った。さっきこの店に入ったときに女性店員が売っていたチケットは、このシンガーのライヴのためのものだったのだ。それでぼくはチケットを買うことなく、コーヒー一杯で只入りということになったわけだ。

弦をぶっ叩くような迫力のあるギターの音色と、熱狂的な歌声。沖縄言葉が混じった歌は、しばらくなんのことを歌っているのかわからなかったが、ぼくとほぼ同年代の人たちの手拍子と熱気が一つになり、店内が窒息しそうなくらいむせかえった。

どれだけ人を殺したら気がすむんだい
ウチナンチュウも
ヤマトンチュウも聞いとくれ
ワシらの沖縄はどこの国なんだ
アメリカかニッポンか
ウチナンチュウは誰なんだ
オイラのかあちゃんとおちゃんは戦で死んだ
ジェット機に爆弾せっせと運んで
その子のワシらが
ベトナムのかあちゃんとおちゃんを殺してる
どれだけ人を殺したら気がすむんだい
ウチナンチュウも
ヤマトンチュウも聞いとくれ
バチがあたって干上がって

その内オイラも野垂れ死に
みんなよーく聞いとくれ
ワシらの沖縄はどこの国なんだ
アメリカかニッポンか
ウチナンチュウは誰なんだ

そんなことを歌っている。顔をまっ赤に汗いっぱいに全身をふるわせ歌っている。曲が変わった。昨年（一九七二年）五月、沖縄はアメリカから日本へ返還された。一年が過ぎても沖縄は、何ひとつ変わっていないのはなぜなんだと歌う。歌い手の顔から汗が流れ落ちる。小さな店にぎゅう詰めのお客。タバコの煙と人の熱気と、この歌声。ああ、ぼくはいま、いきなり沖縄のどまん中に来ているのだとしみじみそう思った。

ライヴを最後まで聞いて、店を出たのは、夜十一時を過ぎていた。那覇の目抜き通りである国際通りに出ると、通りは昼間の熱気をそっくりため込んだままだった。商店はほとんどシャッターを下ろしている。人影はまばらだが、それでも通りにはアルファベットと漢字を幾重にも重ね合わせた毒々しいネオンがまだ灯っている。薄暗い通りには、かろうじて街灯が乾燥しきった舗道に鈍い光を落としていた。ぼくはさっき店で知り合った男と並んで歩いていた。互いに言葉も交わさずバス停まで歩いた。少し歩いただけで汗が吹き出てくる。時折ヒュンヒュンと風がうなりを上げて深夜の大通りを吹く。風は紙屑や、砂ぼこりを舞い上げ、建物と建物の隙間を這い回り、くるくると舞っていた。

ぼくはTシャツの裾を両手でたくしあげ、腹と背に風をあててみた。汗が風に吹き消されるのが心地よかった。

三越百貨店の筋向かいのバス停から「小禄」行きと表示のある最終バスに乗った。車内は薄暗いが、こんな時間にもバスの中は満員だった。

国際通りを過ぎると那覇の街は極端に暗くなる。官庁街を抜けさらに西へ。明治橋という那覇港と国場川の境にかかる鉄橋を渡る。橋を渡りきったあたりからアメリカ海軍の軍用港が長々と続いているのがわかる。金網の向こう側の重々しい闇の中に、輸送艦らしきものが何隻も停泊している。赤い点滅するランプをつけた船体、クレーンや送電線が、まっ黒なシルエットとなって金網の向こうにひっそりと静まりかえっていた。

満員のバスの中、ぼくは立ったまま流れて行く窓の外の重々しい夜景を眺めていた。男は、ぼくの無愛想な様子が気になるのか、ちらちらとこちらに視線を送っているようだった。ぼくは窓の外の闇の光景が気になり、ずっと押し黙ったままでいた。

なるほど「ペリー」と手書きの白いペンキで表示されたバス停で下りた。そこからかなり急な石ころだらけの坂道が続いている。ぼくは男のあとについて坂道をゆっくりと上って行く。ぼくは坂道を上っていく男の後ろ姿を見ていた。今頃気がついたのだが、男は右の足を引きずるようにびっこを引いている。途中、道を左に折れ脇道に入って行く。道はさらに急坂になり、両側には民家の塀が続いている。ぼくは下駄を履いているので、下駄の音が路地に響く。上り坂は足のウラがつるつるすべるので歩きづらい。坂道の途中、右側に崩れた古いブロック塀があり、その角から右に細い路地が伸びている。その崩れたブロック塀の内側に三軒の棟続きの長屋があった。どうやらここが住処らしかった。

男はそのいちばん手前の家の扉を開けようとしている。扉には鍵がかかっている。鍵といっても螺旋状の太い針ガネが錠前の通し穴にくるくる通してあるだけで、鍵としての役にはたっていない。

ようやく家に入る。男につづいてぼくもまっ暗闇をかきわけるように中に入った。そして男が裸電球の灯りをつけたとたんにぼくはギクリとしてしまった。

扉を開くと狭い土間になっていて、土間から一段高く四畳半ほどの板の間がある。床の上には畳がなかった。古ぼけた分厚いベニヤ板が二枚、床の上に放り出したように乗せてあるだけなのだ。土間を見ると、ボロボロの錆びた流しとガスコンロが淋しげに置かれてあるのみだ。これは一体何なんだと思った。ぼくは驚きもしたし期待もしていたのでがっかりもした。六畳ほどの部屋のまん中に天井から裸電球が一つぶら下がって辺りを照らしている。ただそれだけであとは何一つない。こうなったら観念するしかない。床の上にどすんと尻もちをついてあたりを見回した。

男もぼくの前に座り込んだ。男の顔をよくよく見ると、今まで三十歳後半かと思っていたのだが、二十五、六の、ぼくとさほど違わない、いやむしろぼくよりも若く見えるくらいの年若い男だった。それにもうひとつ驚いたのは、彼がぼくの前に投げ出している右足の指が、五本とも猫の手のように足の裏がわに向けてコの字に折れ曲がっている。男の歩いている姿を思い出すと、右足を突っ張ったみたいにぴんとまっすぐにしたまま、地面を引き摺るように歩いていたのはこのためだ。痛いのを我慢してそうしているのだろうか。

「ほんまに、何もないんやね」

ぼくはあらためて部屋中をぐるりと見回し、そんな詮ないことを言ってしまった。

「ああ、そんなに力強く言うなよ、こんなもんだよ沖縄の庶民の家ってのは」そう言って、男はぼくにタバコをねだるような仕草をした。

「お前さん、気を悪くしたんじゃねえのか」と言うので、

「いやいやサイコーだよ」とぼくは返事した。サイテーだったけど、ここまで来てほんとうのことは言えなかった。

「こんな所でもよかったらいつまで居たっていいんだぜ、こっちはちっともかまわないから」と言う。

この家には、玄関の出入り口の開き戸のほかに、部屋に入って右側の壁面、その中央に、畳半畳ほどのやや大き目の引戸があった。その建て付けの悪い引戸をガリガリ鳴らしてこじ開けると、すぐに路地になっていて、路地を隔ててとなりの家の壁面があった。

部屋の隅にうごめくものがいる、見るとゴキブリが何匹かたむろしていた。天井にも何かいる。まるで作り物のような黄土色のヤモリが三、四匹べったりと貼り付いていて時折屋根裏を移動している。

「これでもひと月五千円だぜ」と、彼は二重瞼の眠たげな目を見開いてそう言った。

「五百円の間違いじゃないのか」ぼくが言うと、

「いいや間違いなく五千円するのさ」と言った。

「お前さん、名前はなんて言うんだい」と聞くので、阿木隆一だとこたえると、かっこいい名前だと言って笑った。ぼくが彼に名前を聞くと、

「ムーミン」だとこたえた。

「ええ、なに」と言うと、

「ムーミン」だと繰りかえす。

「あのフィンランドの『ムーミン』のムーミンか」と言うと、

「いいや、ユメネムルと漢字で書いてムーミン」だと言う。いい夢を見て眠れるのが何より幸せなことだから「夢眠」なんだよ、とそうつづけてこたえた。

「へえー、変なの」と言うと、

「自分でつけたのさ、本人は大変気に入ってるんだ、いいと思わないかい、夢眠って」と聞く。

「ダメだとは思わないけど、本名はなんて言うの」

「さあね、お前さん、なんて言うか想像できるかい」

「え、まったく知るわけないやろ、そんなの」

「俺さあ、本名なんてどうだっていいと思ってるのさ、忘れちまったんだよ、だから本名は夢眠なのさ」

夢眠はそう言って笑った。シシシシシと奇妙な笑い方だった。上の前歯が一本歯抜けになっていて、何か言うたびにシーシー息の漏れる音がする。サシスセソがシャシュシュシェショに聞こえて、間が抜けたようでなんだかおかしい。

沖縄で何をやっているのか聞くと、

「さあね、なんだろうね、自分でも何をやっているのかさっぱりわからないよね」

と言ってまたシシシシシと笑った。

「お前さん、沖縄にいつまでいるつもりなの」と夢眠がそう聞く。「お前さん」と夢眠はぼくのことをそう呼ぶ。古風な呼び方に聞こえるが、ワルイ気はまったくしなかった。

「わからない、金がつづくまでかな」とこたえた。

「あっそうか、お前さん学生だったよね、じゃあいつまでも居れるわけじゃん、かまわないよ、いつまでここに居たって」

いつまでもこんな所に居れるものではない、できれば畳くらいはある部屋に移りたい。ゴキブリもヤモリもいない部屋でゆっくり眠りたいと思った。

やがて疲れてきたのか夢眠は両手を顔にあてがい大きなあくびをした。

午前一時を過ぎていて、夢眠はベニヤ板の上に幼虫みたいに小さく丸まって寝息をたてていた。慣れているのだろう、ジーパンを丸めて枕にしている。器用な寝方をするものだと思った。

昨夜ぼくは、西鹿児島の港から琉球海運の那覇行の貨客船の船倉にいた。船が大揺れして、吐き気をもよおしてほとんど眠れなかった。その前の日は、西鹿児島駅前のバスロータリーにある植え込みで野宿した。それもあって、ぼくはすぐにでも眠ってしまいそうなくらい疲れていた。とにかく眠ることにしよう、と裸電球を消そうと立ち上がった時だった。ヒュルヒュルと聞き慣れない音がしたかと思うと、ぼくの顔をめがけてゴキブリが一匹、ま正面から飛んできたのだ。ぼくは目を固く閉じて立ちすくんでしまった。そのまま頭を左右に振ると、ゴキブリは床の上にコツンと音を立てて落ちた。見たこともない大きなゴキブリだった。米軍がベトナムから連れてきたヤツらしい。

ぼくは電気を消して夢眠をまねて、彼とは反対側の角に寝ころび丸くなった。木の床にあたる背中や腰の骨が痛くてなかなか寝つけなかった。まっ暗闇の中で、ずだ袋からタオルを引っ張り出し床の上に敷いてみたが、やはり寝つけそうになかった。

ぼくには夢眠という男の平然とした話し方が不思議に思えてならなかった。「夢眠」などという適当な名前を名乗り、落ちつき払った態度がむしろ自意識過剰にも思えた。どういう人間なのだ。しかしタチの悪い人間には思えなかった。

あれやこれや取るに足らぬことが、眠気とない混ぜになって頭の中をぐるぐる駆け回っていた。気にすることなんかないさ、畳も布団もないけれど、屋根があり壁も床もある、かろうじて家の体裁は保たれているじゃないか。その夜、ぼくはひと晩中寝返りをうち、からだをよじり、なかなか眠ることができずのた打ち回っていた。

朝、目を開けると、夢眠がぼくの目の前に顔を近づけ、

「朝メシが食いたいから百円くれないか」と言った。

「百円？　百円で朝メシ？　そんなんで足りるのか」

と聞くと、

「まかしときなよ、じゅうぶん食えるんだって」とそう言った。

「じゃあぼくの分もたのむ」と二百円渡すと、

「お前さん、百円って言ってんじゃん」

と百円玉をぼくの胸の前にポンと投げ返すのだった。バン、と玄関の扉を足で開け勢いよく飛び出していった。

目の裏が重くなりまぶたがふさがり、ぼくはまた寝てしまった。寝入ったかと思ったら、部屋の中ほどにある引戸がガタンガタンと大きな音を立てて開いて、夢眠が戻ってきた。窓が開くと、どっと明るい夏の陽射しがぼくの顔の上に覆いかぶさってきた。これ以上に明るい陽射しはないといえるほどの眩ゆい沖縄の光だった。まぶしくて目が開けていられなかった。

夢眠は、大きな茶色の紙袋を抱えて引戸から部屋に入ってきた。

さっそく床の上に紙袋をバリッと引き裂いて中のものを並べた。肉の大和煮の缶詰が二個と小さなマーガリン一個、食パンのヘタが一斤ほど。さらに後ろポケットからさっと牛乳をひと瓶引き抜きそのまん中にトンと置いた。あっそうそうと思いだしたように、前のポケットから十五円取り出し、おつりだとぼくに手渡した。牛乳は二等分すると言ってニタリとし、食パンのヘタを一枚取り出すと、マーガリンの銀紙を割いて不器用にパンにベッタリ塗りたくり、大和煮の缶詰をひとつ開け肉のひと切れをパンに乗せ二つ折りにしてガブリとかぶりついた。

「ウンメー」夢眠はむしゃむしゃ肉入りサンドイッチをほおばっていた。それから同じものをもう一枚、むしゃむしゃあっと言う間にたいらげた。

ぼくは眠り足りずにいた。何か重いものにのしかかられたような気だるさがあって、からだの節々がぎこちなく軋んでいた。よほど腹が減っていたのだろう、パンのヘタに餓鬼みたいにかぶりついて、鼻の下の無精ヒゲにまでマーガリンがくっ付いている。

ぼくは食欲がまったく湧いてくるはずもなかった。

「よっぽど腹ぺこやったんやなあ」と言うと、

「一昨日の夜にラーメンを食ったたんだけどさ、後はきのうの夜行ったライヴハウスでコーヒーを一杯飲んだきりなんだよね」とパンをかじる手を止めずに言った。

「ねえ、お前さん、ヒマだったらさ、缶詰をもう一つ開けてくれないかね」と二つ目の大和煮の缶詰をこちらによこすのだった。

無遠慮に不格好にやたらとパンにかじりつく夢眠の様子がなんだか滑稽に思えた。パンのヘタを一枚手に取り、せわしなくマーガリンを塗りたくり、缶詰から中の肉片をつまみ出しパンを二つ折りにしてガブリ。牛乳瓶のフタを開け、口をつけず牛乳を半分ほど口の中に流し込む。

「お前さんも見てないで食えよ、食える時に食わなきゃだめさ」

ほどほどに空腹が満たされたのか、夢眠は説教じみた口調でそう言う。あらかた平らげておいて、最後の二枚しかないパンに包装紙にかろうじてへばり付いているマーガリンを薄くうまい具合に引き伸ばし、さあ、とぼくに差し出すのだった。まるで食べる気がしなかったが、ありがとうとパンを受け取った。

夢眠は、腹ごしらえすると、部屋にぼくを残し、適当に戸締りをしておくように言うと「さてと」と、立ち上がりさっさと部屋を出て行ってしまった。

差し込む陽の光の中で部屋の中の様子がまざまざと見渡せた。古い木造の家は、昨夜裸電球の灯りの中で見たものよりもはるかに古びてうす汚れていた。元ここに暮らしていた人が出たあと、長い間放置されたままであったらしい。床板が埃と土にまみれていた。掃除をした形跡はまったくない。

ぼくは夢眠が残していったパンのヘタと大和煮を食べ、牛乳の残り半分を飲んだ。大阪の友だちに送る絵葉書を一枚書いた後、ずだ袋を肩にぶら下げ、麦わら帽をひっかぶると部屋を出た。

この家を外から見ると、相当に古びて色褪せた一つ屋根の三軒長屋になっている。ブリキの屋根は青色のペンキがほぼはげ落ち錆色に変色している。三軒の内、夢眠の部屋のとなりは空き室になっているようだが、そのとなりには誰かが住んでいるようだ。坂道に沿ってブロック塀があり、こちらの敷地に入るとすぐに古い共同井戸がある。釣瓶式のロープを結びつけたボコボコのバケツが排水溝の脇に転がっている。家の路地に物干しの木が二本立っていて、となりの住人のものなのだろう洗濯物が干してあった。敷地内の北側の角にブロック塀を背にして共同便所の小屋がある。雨ざらし野ざらし、干からびた木造の便所は、屋根瓦をのせ、右に傾き建っている。危なっかしくて、小は出来ても大は勇気がいった。

家を出たのは正午近かった。夢眠の家を出ると長い坂道を下って行く。この坂道から那覇港を囲むように、西南側になだらかな丘陵が広がっているのが見える。丘陵の緑の中にまっ白な建物と朱色の瓦屋根が点在している。丘陵の頂上付近に鉄の電波塔が高くそびえている。空がまっ青だった。雲ひとつない空から夏の陽の光がじりじり照りつけていた。

ペリーの停留所からバスに乗った。国際通りに向かう途中、車窓から夢眠の後ろ姿が見えたのだ。米海軍基地の前を右に折れ明治橋を渡りしばらく行くと、久茂地川に沿った広い通りに出る。そのだだっ広い舗道をひとり、肩を丸め腕をからだの前でぶらぶらさせ、目立たないほどにびっこをひき、この炎天下をひとりトボトボと歩いているのが目にとびこんできたのだ。

どこへ向かっているのだろう。この道はそのまま行くと、国際通りにつながっている。行くあてなどないにちがいない。行くあてがないのはぼくも同じなのだが、たぶん同じ方向に向かっているのに違いないのだ。おせっかいなことはよせ、とたぶん夢眠は言っただろうけれど、往復のバス賃くらいは手渡しておけばよかったのにと夢眠の後ろ姿を眺めながらそう思った。

バスが夢眠の真横を追い越していく時、思わずぼくの手は麦わら帽にかかり目深かにかぶり直していた。まあいいさ、もう二度と彼に会うこともないのだから、とバスの後ろの窓に小さくなって行く夢眠の姿を見送っていた。

国際通りの西の端に、那覇でいちばん大きなバスターミナルがある。ここで降り、ぼくは長距離バスに乗り換えた。南へ行くつもりで乗ったはずだったのだが、バスは北に向かって走り出していた。

「しまった！」と一瞬思ったが、しかしそれ以上、バスを乗り換えようなどとはまったく思わなかった。南を北と取りちがえたのなら北へ向かえばいいのだ、それだけのことだった。

バスは那覇の街角をいくつか折れると、一号線の四車線道路に出る。バスは速度を上げ北に向けて走る。この道は本島を南北につなぐ沖縄の幹線道路だが、正しくは米軍の軍用道路だ。カーキ色の米軍のジープや、米兵をぎっしり乗せた輸送車と平行して走る。赤信号でバスは輸送車のま横に停車することがあった。窓から手の届くほどの近さで輸送車に乗っている米兵たちが見える。米兵たちもこちらのバスの中の様子をじろじろ見まわしている。もちろん彼らはぼくのことなど眼中にない。沖縄の可愛い女の子が乗っていないかを目を凝らして追っているだけなのだ。ぼくは米兵を見るていた。

気はないのだが、ひょっとして彼らと視線が合うのが怖い気がして、見ないふりをし

普天間の街を通り過ぎたあたりから、コザ市の南側に達するまで、道路の両側には
ずっと米軍のベースキャンプの鉄のフェンスが続いている。

ぼくは今ごろになって気がついたのだが、沖縄では右側通行になっていて、そのこ
とがわかると本土の国道とは違う妙な感覚にとらわれるのだった。

コザの町を過ぎると、バスは海沿いを走る。海に沿ってフェンスが延々とつづいて
いる。フェンスの向こう側には上陸用舟艇が二段三段に積み重ねられ、壁のようにな
って延々とつづいていた。右側に嘉手納基地が広がっている。巨大なB52爆撃機の尾
翼が鮫の背びれように黒く輝いて見える。

ぼくはいつの間にか背もたれに頭をあずけてうとうとしていた。昨夜のペリーの家
での疲れが出てきたのか、思ったより長く居眠りをつづけていたようだった。目を開
けるとバスは夕暮れ近い名護の町に入っていた。

名護のバスターミナルに降りた頃には、西の空が眠気も吹っ飛ぶばかりの夕焼けに
染まっていた。まるで刷毛で茜色に塗り込んだみたいなうろこ雲が、はるか彼方から

頭の上にまで伸びていた。ぼくはバスターミナルから町の中心部の賑やかな通りを歩いた。歩道脇には、まだこれから賑わうのだろうか、商店街に沿って夕市の露店がずらりと先の方まで並んでいる。コイルが透けて見える裸電球が、桶に山盛りにされた牡蠣や蜆や色鮮やかな魚を照らし、ほっかぶりをした女の人が新聞紙でハエを追っ払っていた。露店を見て歩くのは飽きない。ぼくは一軒一軒ゆっくり見ながら通りを歩いて行った。みるみる買い物客で通りがいっぱいになっていく、活気のある売り手とお客のにぎやかなやり取りと、魚と肉と野菜と磯の匂いで通りはむせかえるようだった。

通りの中程まで行くと、右に折れる道の突き当たりに名護の海が見えた。ぼくの足は自然と海の方に向いていた。

名護の海は夕焼けの中に凪いでいた。小刻みに揺れる波が茜色の空の色を受けてきらきら輝き、その波の上を渡って来る潮風が、ぼくのからだをすり抜けていた。

浜に沿った小道の脇に石碑が海に面して立っている。夕暮れの浜には、大人も子どもも大勢の人が夕涼みをしている。カンカン帽を被り、糊の効いた浴衣がけに古風な杖を手にした老人も夕涼みをしていた。皺だらけの目蓋を重たげにしょぼつかせながら、石碑の石組みに腰を降ろし、浜でソフトボールに興じている少年たちを眺めている。少年たちの声は、途切れ途切れに浜風にちぎれるように聞こえてきた。

ぼくは砂浜に出てみた。白墨に短い枝がついたような細切れのサンゴのかけらが、浜一面に打ち上げられていた。下駄で強く踏み込むと、ザリッザリッと歯切れのいい音がした。

ぼくはサンゴのかけらを持って帰ろうと思った。静かな潮風に心も凪いで、ふとそんなきもちになっていたのだ。

ぼくはサンゴを拾い集めた。石碑の近くを歩いて、麦わら帽に山盛りいっぱい拾い、その中からできるだけまっ白な形のいいのだけを選び出した。貴重な物に出会ったような満足な気分だった。結局、気に入ったのは四本しか残らなかった。まっ白でまっすぐで形のいいサンゴのかけら。ぼくはサンゴをちり紙に包み、ズダ袋の奥にしまい込んだ。

海は、みるみる内に陽が落ち暗くなった。いつの間にか老人の姿もなく、たった今までソフトボールをしていた少年たちもいなくなった。みんな家に帰ってしまったのか、浜に人影がまばらになりさみしくなった。

湾になった海のずっと沖の方に、筏が一そう浮かんでいて赤いランプを灯している。さっき遊んでいた少年の一人に、あれは何のためのランプなのかとたずねると、干拓のための測量をやっているのだと言っていた。この海も何年か先には埋め立てられ消えてしまうのだろうか。

その夜、ぼくは八重山旅館という宿に泊まることにした。屋号はたいそう立派だが素泊り四百円のうらびれた旅館だった。この旅館の唯一の取柄は部屋が海に面しているることだ。女主人に案内されて入ったのは裸電球がひとつ灯る六畳ほどの部屋だった。色褪せた畳の上に、薄いラバーの敷布団と大きな花柄の毛布が一枚敷いてあった。ガランとした部屋に、海に面した大きな窓があった。下半分スリガラスになった窓の戸をカラカラ開けると、海の匂いと潮騒の音がともに部屋に入ってきた。道を隔てたその先が浜で道端に大きなガジュマルの木が植わっている。その木の影から月の光に輝き、ひっそりと静まりかえった名護浦の海が見渡せた。ウニの棘で出来た風鈴が深い軒下にぶら下げてあって、風に揺れサラサラと音を立てていた。薄暗い部屋の灯りと海の匂いに、とんでもなく遠い所まで来てしまったことを実感していたのだ。

シャワーを浴びた後、主人が運んできてくれたお茶を啜りながら、ぼくはガランとした部屋で何もすることなく、微かな潮騒の音に耳をかたむけていた。部屋の灯りを消し、布団の上に横になったが、なかなか寝付けそうになかった。

沖縄に来たのはつい昨日のことなのだ。なぜだか那覇のことがなつかしく思い出されてならない。夜の海を眺めているのも、ひとり安宿にころがり込むのも慣れている。久しぶりにシャワーで尻の垢までもさっぱりと流し、鼻歌気分で熟睡出来そうなものなのに、なぜかなかなか眠れなかった。

夢眠というあの男のことも気になった。ペリーのあの家のことも思い出された。何のためにあんな家を借りているのだ。日々何を考えて過ごしているのだろうか。

ぼくのイージーな時間はいつまでつづくのだろうか。この数年、ぼくは大学生にはちがいないが、まともに講義に出席したことがない。入学式にも活動家の乱入により中止になった。授業開始日から、学生によるバリケード封鎖が行われ、数カ月後には学生と機動隊の激しい衝突があり、バリケード封鎖解除後には、こんどは学園側によるロックアウトがつづいた。そして今もまた学生によるバリケード封鎖に入っている。セクト間の内ゲバも過激さを増し、何らの解決の目処も立たないまま延々と時間だけが過ぎていく。

ぼくは学生でも何者でもない、白けてただださまよい歩くだけの宙に浮いた存在だった。

目を開けると、窓から青白い光が部屋に射し込んでくる。星々が眩しいほどにきらめいていて、ガラス窓を通してぼくの上に降りそそいでくるのだ。

翌朝、ぼくは朝市で稲荷ずしとゆで卵を買い、浜で朝食をとったあと、名護のバスターミナルから那覇行きのバスに乗った。昨日と同じ道を南に向けて走る。快晴の空の下、国道一号線沿いが炎熱に揺らいでいる。バスは宜野湾を過ぎたあたりから乗客がどんどん増えてきて、那覇の市街地に入る頃には満員になっていた。バスに乗っていた人の半数ほどが国際通りに近い松尾でバスを降りた。ぼくもここで降りることにした。舗道から熱風が吹き上がってきて、からだ中がひどく汗ばんだ。

那覇に帰ってくる理由などなかったのだが、ともかくもぼくは那覇に戻ってきたのだ。

国際通りから三越百貨店の角を曲がると、沖縄芝居をやっている「沖映」という劇場のある通りがある。通りに沿って細い川があって、その川沿いに「川の上食堂」という看板が出ているのを見た。腹が減っていたので店に入った。川にかけられた簡素な木橋があり、橋を渡るとすぐに川の上食堂の店中に入っていく。十五人ほど入れる狭い店だったが満席だった。日焼けしたひげ面のオヤジが、長椅子を少しぼくに譲ってくれた。食堂のおばさんが注文を取りにきたのだが、ぼくはテーブルの向かいで食べているお客の料理がたいそううまそうに見えたので、それと同じものをと注文したのだ。店は、おばさんと厨房の中で調理する年のいった主人の二人でやっているようだ。大皿の炒め物と、肉入り蕎麦とごはんが付いて五十円。

大皿の料理を口にしてぼくはちょっとびっくりした。豚肉と卵と、それからキュウリに似た緑色の野菜が入った炒め物だ。ところがキュウリに似た野菜を口にしたとたんに、吐き出してしまった。ニガくて食べられたものではない。それで箸でその野菜をぜんぶ皿の隅によけてほかのものだけを食べた。

片付けにきたおばさんが「これ、どうして食べなかった」とぼくに聞いた。怒ってはいなかったが奇妙に思っているようだった。

「ニガくて」とぼくは正直に返事した。

「ゴーヤはニガいさ、食べたことないね」と、またたずねられた。

「はい」ぼくはすぐにそうこたえた。

「ゴーヤがイヤなら、ゴーヤチャンプルー注文しなかったらいいさ」

おばさんはやっぱり怒っているのだろう、そう言いながらお膳のものを片づけている。

ぼくは「すみません」とおばさんに謝った。

「お客さん、どこから来たの」

おばさんがぼくの顔を見た。

「オオサカです」

「遠いとこから来たね」

「学しぇえね」

「はい」

「アンタお腹減ってるね、ゴーヤの入ってないの食べる」

おばさんはテーブルを片付けながらそうたずねてきた。

「もうお腹いっぱいです」

「お金いらないから食べていきなさい」

そう言って、おばさんは焼肉定食作るからと、厨房にいる主人に声をかけた。

ぼくはゴーヤという野菜を知らなかったのだ。となりにいたひげ面のオヤジと向かいにいた若い女の客が笑って顔を見合わせている。

焼肉定食をたいらげると満腹になった。代金を払おうとすると、おばさんはゴーヤチャンプルーの分だけで焼肉定食はいらないよと言った。

行くあてなどなかった。「沖映」の通りを行って久茂地橋の近くにある「ロマ」というジャズ喫茶に入った。店の中は窓がなく、まっ昼間なのに夜みたいに暗い。ロマはローマのことかと思ったら「ロマは流浪の民」という意味だとバーテンが教えてくれた。ぼくは「ロマ」という店の名が気に入った。長いバーカウンターと、奥まったところに絨毯を敷いたフロアにクッションを並べただけの簡素な部屋があった。天井に米軍のパラシュートが張り付いたように広げて吊るしてある。ビル・エバンスのやわらかなピアノ曲が流れていた。ぼくはカウンターに腰かけて「レーコー」と注文した。

「アンタ、カンサイだろ」

バーテンの若い男がぼくに声をかけてきた。背中まで長く伸びた髪、あごヒゲも長く伸びている。

「どうして？」とたずねると、

「レーコーってのはカンサイだけだよ」と言った。アイスコーヒーというらしい。

「もしかして夢眠て知ってる」しばらくしてぼくがバーテンにそうたずねると、

「知ってるけど、このところ見ないね」と言う。

『やっぱり』と思った。このバーテンなら夢眠のことを必ず知っていると思った。どことなくこの店の空気でわかるのだ。

「知りあい？」とバーテンが聞いてきた。

「ちょっとだけ知ってる」

「何日か前まで毎日現れたけどね、最近来ないねえ」

カウンターの背の高い椅子は座り心地が悪かった。アイスコーヒーを飲み終えると、ぼくはきもちがよくなってきて目ぶたが重たく閉じそうになってきた。店に流れる曲のせいかも知れなかった。ジャズピアノの旋律は酒がなくても心地よく酔わせて痺れさせる。ピアニストの切ない思いが指先から音色になり耳に注がれてくるからだ。

「ねえ、あっちで横になったらいいよ」

バーテンに促されてぼくは奥のフロア席に移動した。中東の絨毯が敷かれ、クッシヨンを抱えて横たわるとたちまち意識が途切れた。どれくらい眠っていただろうか、大きな声の話し声がして目が覚めた。米兵らしい三人の若い白人がフロア席の隅で妙な匂いのするタバコを吸っていた。タバコではなくハッパ、大麻だ。ジャズなんか聞いていない、三人の米兵はただ何ごとかことばのやり取りをしながらラリっているだけだった。

バーテンに声をかけてロマを出た。

「いつでも来いよ」とバーテンは出る間際にぼくに声をかけてくれた。気のいい男だった。

雲ひとつない群青色の空だった。陽は国際大通りをま西に傾き、透き通るような茜色の光が三越百貨店の西側のレンガ色の壁を紅色に染めていた。

三越前のむつみ橋交差点にかかる歩道橋に登ってみた。欄干に両肘をついてだらしなく寄りかかり、国際通りを行く車の流れをぼんやり眺めていた。

ぼくはもうすっかり白けきっていた。へきえきした気分と少しの淋しさとが混濁していた。旅に出れば白けたきもちも紛れるだろうと思っていたけれど、かったるくてどうしようもなくなって、那覇を出ようと思っていた。しかし那覇はぼくの最終目的地だった。この先どこへ行くというのだ、あてなどなかった。どこへ行っても同じなのだと思った。どこにも何もなかった。

ぼくはしばらく歩道橋から通りを眺めていた。通りには、まだ昼間と同じ華やいだ雑踏の活気があった。国際大通りを流れる風が紙屑と土埃を巻き上げている。風はぼくが今いる歩道橋の上にも吹いていて、涼しくて心地がよかった。飛ばされないようにと麦わら帽を取ると、髪の毛が舞い上がり顔にかかった。欄干に両腕を組んで乗せ、しばらく腕の間に顔を伏せていた。

ふと見ると、下の歩道の人ごみの中に夢眠の歩いている姿が見えたのだ。右足をひきずり、頭を左右に揺らしへなへなした足どりで歩道をこちらに歩いてくる。間違いなく夢眠だ。歩道橋の階段の下を行き過ぎようとするところを、ぼくは足早に階段を駆け下り声をかけた。

「夢眠！」と弾む息で肩を叩くと、振り向いて訝しげな目でぼくのことを見ている。驚きも何もなく、無表情なまま声もなく、返事のかわりにダラリと右手を肩まで上げた。

「どこかへ行ってきたのか」とたずねた。

「どこにも、ぶらぶらさ」

そう無愛想にこたえた。ぼくのことを忘れたのではと思った。まるで初対面の人に対する調子だったのだ。

「きのうから名護へ行ってたんや」

と言うと、

「へ、そう」

名護へ行ったがどうなんだって調子だったが、その後何か言いたそうに言い澱んでいた。

「あのさあ、それで俺、何も食ってねえんだよね」

「きのうから？」

ちょっと驚いてたずねた。

「きのうと、ついでに今日もさ」

夢眠の目がぼくに訴えていた。

「マジで何にも食ってないのか」

確かめるようにまたたずねた。

「水だけ飲んでたけどね、あの朝、もう百円、お前さんからいただいとけばよかったのさ」

ようやく夢眠がぼくの顔を見て目を細めた。

「そしたら何か食いにいこか、ステーキでも」

ステーキは喩えのつもりで言ったのだが、

「ああ、ステーキなら俺、いい店知ってるよ、安くてうまくてね」

前歯に大きな穴の開いた不ぞろいの歯をむき出しにして、スススと笑った。

「餓死寸前とちがうんか」と言うと、

「えらい事になっちまうんだね、死んじまうってことだよね、餓死てえのは」とまたスススと笑う。

「地獄で仏って言うだろ、たぶんお前さんのことだよね、ところでタバコ持ってねえか」

夢眠は二本指を口元にあてがい、ふうーっとため息をついた。

ぼくはポケットからハイライトの箱を取り出すと夢眠に差し出した。夢眠は箱から一本抜き出し口に持っていくのかと思うと右の耳に挟み、もう一本抜き出して口にくわえた。

「火は持ってますです」と、ジーパンの前ポケットからペシャンコにひしゃげたマッチ箱を取り出し、火をつけた。

むつみ橋の歩道橋から国際通りを東へ、オリオンビールの角を北に少し入ると、ぎっしりと建て込んだ低い家並みの住宅街に入る。道幅はしだいに狭められ細かく曲がりくねっていく。

「うーん、すきっ腹にこたえるよ」

夢眠はハイライトを根元まで吸って、ふらふらと与太るような歩き方を真似ていた。しかし真似ていたのではなかった。空腹で気力も萎え、ほんとうに目がくらんで足元がふらついたようだった。

細い道の先に、コンクリートの小さな坂があり、少し登ったその正面に、古風な洋館建のレストランがあった。大きな岩をアーチ型に積み上げた入り口。米軍の将校が来る店だと夢眠が説明した。見るからに値のはりそうな店だった。店の玄関でぼくは躊躇した。ドアの前にあったメニュー表を見て仰天したのだ。四百グラムのステーキ千円とある。二人前だとその倍、ビールなんか飲むと…、今度はぼくが目まいをしそうになった。ステーキでも食べようかと言ったのはぼくだったが、喩えばの話をしたまでだ。とてもぼくの路銀からしてこのレストランへ入るのは無理だった。ぼくは回れ右をしてスタスタ店の前を離れた。川の上食堂のおばさんの顔が浮かんだ。そうだなぜ最初に思いつかなかったのだろう。

夢眠は、さあステーキだと期待を膨らませたに違いなかったが、ぼくが寸前で反転したことに、すっかり気力を失くしてしまったみたいだ。両足を引きずり、今にも足が止まり、道にしゃがみこみそうになっていた。ぼくは元気づけるために、夢眠にこれから那覇でいちばんの味の良い店に行くからと励ました。

川の上食堂で、夢眠は五目チャーハンとラーメンと餃子を食べた。ぼくはソーキそばという沖縄ラーメンとライス、オリオンビールを注文した。しめて三百五十円だった。

夢眠は、ひと心地ついたのだろうか、ふー、ふーと何度もため息をついていた。

「アンタ、今日の昼にも来たね、こっちの人はお友だちかね」

川の上食堂のおばさんがそう声をかけてきた。店内にはぼくらのほかにもう一組、背広姿の男の客三人が泡盛の水割りを飲んでいるだけだった。

「そうお友だちなんです、な」

ぼくはそうこたえて夢眠のことを見た。

「ハイ、その通りです」

夢眠は耳に挟んだタバコをくわえ火をつけながら、おばさんを見上げてそう言った。

「この頃、内地から訳のわからん人が大勢来なさる、何しにこっちへ来るんやろね」

おばさんはぼくにそんなことをたずねた。確かに那覇の街中で、長髪のうす汚れた男や女をたびたび見かける。男も女もなりはヒッピーだ。ほとんどは内地から来た者たちに違いない。ぼくにも彼らが何をしに来ているのかわからなかった。

「あっ、あのそれはですね」

夢眠がおばさんに話しかけた。

「どこへも行く場所がなくなったもので、沖縄へ来るのですよ」

へー、そうなのかとぼくも思った。『どこへも行く場所がなくなったもの』というのは何となくわかる気がする。それはぼく自身のことでもあるからだ。

「何しに来るのかというとですね、それはですね、ぼくはここにいるよ、って自慢したくて来るのですよ」

夢眠はそんなふうに言うと、コップの残りのビールを飲み干した。

「でも、そんなこといくらしたって、ほんとうは自慢にもなにもならないのですけどね」

夢眠は付け加えるように言った。

「なんのことやら、わたしらには、ようわからんわね」

おばさんはへへへと笑っていた。

食堂を出て川にかかる木橋を渡ろうとしていた時に、後ろから声をかけられた。

「これお食べ」とおばさんが新聞紙に包んだものをぼくの手に渡してくれた。新聞紙の中に鶏のから揚げがいくつか入っていた。

川の上食堂を出て、ぼくらはから揚げを食べながら久茂地橋のジャズ喫茶「ロマ」へ行った。水割り二杯でねばって店を出てきた頃には十二時近くになっていて通りの灯りもすっかり消えていた。

ペリーに向かうバスも終了していた。「ロマ」でも五百円払った。心細い路銀がどんどん減っていく。

浪費ついでにタクシーに乗った。この日那覇の夜は涼しかった。タクシーに乗るなり夢眠はシートに頭をあずけぽかりと口を開け眠ってしまった。夜を切るタクシーの風が夢眠に吹きつけ長髪を舞わせていた。

ペリーの家には、以前から長く住んでいたような妙な懐かしさがあった。手探りで裸電球をつけると、相も変わらずゴキブリが部屋の隅に二、三匹動くのが見えた。夢眠の同居者たちだ。ぼくは、この部屋に戻ってくることはないと思っていたが、しかし、またここにいることが不思議に思えた。主の夢眠も、好きなだけ居たらいいと言ってくれるし、何処といって行くあてなどない。ともかく当分ここにご厄介になることにしようと思った。ゴキブリやヤモリに喰い殺されることもないだろうし、はじめて来た日の驚愕もすでに薄れて、観念すればそう悪いところではないかもしれなかった。

「おれ、明日、仕事探しに行きます」

夢眠はいかにも眠たげにそう言うと、ジーパンを丸め枕にすると床の上にゴロンと寝ころんだ。ぼくも寝ころんだ。背中にザリッと砂ぼこりの擦れる音がした。

「今日、ぼくは死ぬところでした、恩にきますです」

ボソボソと夢眠のねむたそうな声だった。

「お互いさまです」ぼくが言った。

「ぼくね沖縄に来る前、東京にいたのです、新宿のホテルでレストランの皿洗いをしていてね、あれはよかったよ、食べ物がいっぱいあってね、なんだってある、ステーキなんか手付かずのまま洗い場にそのまま戻ってくるんだ、だから隠れてペロリさ、シシシシ、まったく、食わないのなら注文しなきゃいいのにね」

夢眠は、うれしそうにそんな話をした。

「ほんまやね、なんでそのまま戻ってくるんやろね」

「世の中は、わからないことだらけなのですよ、それでいっしょに皿洗いしてるおばさんたちはたくましいわけよ、戻ってくる料理を一カ所に集めておいて、仕事が終わるとみんなで分けて家に持って帰るのさ」

「夢眠は、生まれはどこや」

ぼくは眠りかけた夢眠に話しかけた。

「ひろしま」だと目を閉じたままかすれた声でこたえた。

「家族はいるのか」とまたたずねた。

「いたよ、けど忘れちまった」

「お父さんもお母さんのことも忘れちまったのか」

「さあ、なんでだろうね」

「なんで那覇に来たの」

「お前さん、警察みたいじゃんそういうの、いいじゃんか」

夢眠はぼくに背中を向け、スースー寝息をたててしまった。ぼくも裸電球を消し、横になり目を閉じた。それから暗算で路銀の計算をした。計算がうまくいかず、面倒くさくなって寝入ってしまった。


「明日は早く起きような」と言い合っていたのに、翌朝十一時ごろ、眩しくて目が覚めた。開けっ放しの部屋の引戸から陽射しが滝のように部屋の床に降りそそいでいたのだ。

夢眠に仕事を探しに行くのではなかったのかと言うと、

「いま何時？」とたずねる。ぼくは時計を見て十一時前だと告げると、

「あっ、そうか」と眠そうにそう言って、また、バタリと床に伏せてしまった。

「明日にするさ、仕事なんていつだってあるし」

那覇には大きな港湾が二カ所ある。那覇港と泊港。その内のどちらかへ行けば仕事はいくらでもあるという。どちらも港湾の仕事、荷上げの仕事だが、職安へ行かなくてもすぐに見つかるらしかった。

「じゃあ、とりあえず朝メシにするか」

そうぼくが言って百円玉をポケットから出して、夢眠に親指で弾いて回転トスした。右手で受け取った夢眠は、玄関の扉を足で蹴飛ばして開けると家を出ていった。パンのヘタと牛肉の大和煮と牛乳。お互いに、この前と同じ朝食をとるとぼくらはすぐに家を出た。

「せっかく沖縄まで来たのだから、お前さんは海へ行くべし」

夢眠の思いつきで、今日は海へ泳ぎに行くことにした。海へ行くとなると、ぼくの方が乗り気になった。ぼくは水着など持ってなかったが、着替えの下着のパンツがあるから大丈夫だった。夢眠はタオルも持っていなくて、雑巾みたいなハンカチをズボンにねじ込んでいるだけだ。それでじゅうぶんなのだと言った。

沖縄は海に囲まれた島だ。北でも南でもバスで移動すればかならず海につき当たる。沖縄県庁前のバスターミナルから、南に向かうバスに乗り込んだ。車内はほとんど満席だった。ぼくと夢眠は最後部の席に腰かけた。バスは国場川に沿った広い道を南へ走る。やがて丘陵の斜面にぶつぶつと突き出た白いペンキ塗りの家々の間を通り過ぎ、幾度も大きくカーブする丘の道を登りつめると、なだらかにうねる平らな広い田園に出た。サトウキビ畑だ。緑の野がはるか遠くまでうねりながらつづいている。途中いくつかバス停を過ぎるうちに、満員だった車内がだんだん空いてきた。残っているのは行商に行くのだろうか四人の女の人たちと、ぼくたちだけになっていた。手ぬぐいで姉さんかぶりをした人や。麦わら帽の上からタオルを回し顎の下で結わえている人やら、それぞればらばらなのだが、何やら大声で楽しげに話しながらバスに揺られている。沖縄の女の人はみんな元気だ。日に焼けた顔がキュっとひき締まり、目鼻立ちが大きくくっきりとして誰もみな美人に見える。

一時間ほどしてバスが急に左折する。舗装道路を外れて、でこぼこの細い地道がつづいている。ズシンズシンとバスははげしく上下に弾んで、まったく視点が定まらないくらいになる。

「お客さん、前の方に来た方がいいぜ、これから少しばかり揺れるからさ」と、バックミラーに写った運転手が大きな声でぼくと夢眠に前の席に移るよう注意している。

「気にしないで、だいじょうぶですから」

ぼくは運転手にこたえた。地道に入ってからバスはすでに激しく揺れている。しかし揺れはどんどん過酷なものになっていく。

「あの運転手、ちょっとばかし下手くそじゃねえのか」

夢眠がぼやき始めた。そう言った拍子に、座席から尻が宙に高く浮き上がり、ドスンと座席に落とされた。

「いててて」、「いたたた」夢眠もぼくも同時に声を上げていた。すると今度はまたからだが宙に浮き上がり、しかも空中でからだの向きが変わり前のめりに落下する。前の席の取っ手にしがみついていないと怪我をしそうな按配だ。

「ロデオ大会じゃねえんだからよ」

夢眠が運転手に文句を言った。バスの前を小型トラックが荷物をいっぱい積んで走っている。もうもうと土煙を巻き上げていて、バスの視界を大方遮ってしまっている。

バスの窓は開け放たれたままで、土煙が容赦なく吹き込んでくる。窓際にいた夢眠の顔はヒゲも眉毛も髪の毛も、すっかり土煙を浴びてしまっている。

「夢眠、ジイさんみたいや」と言うと、

「そう言うお前さんだってグロテスクだぜ」

お互いの顔を見合わせて、可笑しくて笑いが止まらなかった。

ようやくバスは悪路を抜け出し、ゆるやかにアップダウンする広いサトウキビ畑の中を行く。バスが喘ぎながら坂道を登り切ると、はるか遠くに海が見えた。また下り坂になると見えなくなるが、また登ると海が見えた。サトウキビ畑は海までつづく茫漠とした緑の海だ。バスの外は風が大きく舞っているようだ。サトウキビの長い葉が、その風の波紋をそのまま描き出し波打っていた。

バスはやがて、サトウキビ畑の中の三叉路の道を右に入る。少し行くと道がひらけてだだっぴろい広場に出た。サトウキビ畑を切開いたような四角い広場で、広場を囲むように商店が何軒か店を開けている。バスはここで広場の中を大きく回り込んで停車した。バスが舞い上げた土ぼこりが風でさらに舞い上がった。飼われている豚が十頭くらい広場を横切って行くのが見えた。バスのエンジンが止まった。四人の女の人が、バスの中からゴロゴロと大きな籠に入れた荷物を引きずり下ろしていた。

「あれえ、もう終点ですか」ぼくは運転手に声をかけた。

「ああ、終点さ、みんな下りてねー」

沖縄の口調が混じっていてわかりにくかったが、だいたいそんなことを言っているのだとわかった。

「あんたらどこへ行こうとしているね」

バスを降りた時に、運転手にたずねられた。

「海へ行こうとしてますが」

ぼくはそうこたえた。

「お前さんらは海水浴へ行こうとしているね」

「はい、でも、ここはどこでしょうか」

ぼくがそんな調子外れなことをたずねたもので、運転手はしばらく考えて、何とこたえればよいのか困った様子だった。

「東風平（こちんだ）つうとこだー」

運転手はここは東風平村だと言ったが、その東風平村がどこなのだかそれがわからなかった。そこで運転手はバスの中から地図を持ってきて、ここが今いるところだと広げて説明してくれた。

「うーん、沖縄はまわりがぜーんぶ海水浴場だからさ、この道をまっすぐに行けばどこか海水浴場はあるさ、オレは行ったことはないけどな、沖縄の人間はそれほど海へは行かないさ」

バスを降り、ぼくと夢眠は運転手が教えてくれた海の方につづく道を歩きはじめた。東風平（こちんだ）という村の外れの、細く曲がりくねった農道だった。

「バスを乗りまちがえたかなあ」ぼくは何もない細い道の先を見てそう思った。

「でもバスターミナルの人が、あのバスに乗ればいいいって言ってたぜ」夢眠がぼくの後ろでそうこたえた。

風の音と渇いた土の臭いと、それ以外何もなかった。ぼくが先を歩き、夢眠がのろのろ後をついてくる。少ししてさっきバスでいっしょだった女の人たち四人が大きな荷物カゴを頭の上に載せ、片手に風呂敷包みをぶら下げて後ろから歩いていくる。大きな声で何事か話をしている。ぼくたちは女の人たちにすぐに追いつかれ追いぬかれた。どこまで行くのだろうか、背丈の三倍ほどもある背の高いサトウキビ畑を切り裂くように細い農道がつづいている。ザザザザーと風に揺れるサトウキビの葉ずれの音だけがする。やがて前を行く女の人たちの話し声も姿も、サトウキビの緑の中に吸い込まれるように消えてしまった。

眩しい陽の光が、サトウキビ畑の緑に反射して、余りに眩しくて目を開けていられなくなる。時折、空の色が気になり見上げようとしたが、とてもまともに目を開けて空を見上げることなどできない。ぼくは麦わら帽を被っているが、夢眠はまともに陽の光を浴びている。歩き始めて三十分。Tシャツが汗でびしょ濡れになった。

少し行くと、前方に、二叉に分かれた道に出た。一方は坂道の上りで、もう一方はほんの少し下っている。下りの道を行った。そこだけサトウキビ畑が途切れて、先に琉球松の小さな林があった。車が通れるのだろう、深くえぐれた轍の跡がある。轍の中央の土が盛り上がり、そこに雑草が茂りゆるやかな曲線を描いてずっとつづいている。その林の中を行くとキャッチャーミットを伏せたような巨石の構造物に出合った。夢眠がこれは墓だと言った。初めて見る巨大な墓がこの道沿いに点在している。ここは内地とは明らかにちがう場所だ。

行き過ぎると小さな集落があったが誰にも出会わない。またしばらく行くとサトウキビ畑の畦道に出る。風が奏でるサトウキビ畑の音がいい。葉ずれの低い音と葉を切る風の高音が交錯する音、自然が奏でる音楽だ。これは心地よかった。

突然、道がひらけて畑の中の小さな広場に出た。広場の中央にやぐらが組んであって、やぐらの上から赤や青の極彩色の提灯が電線に吊るされ四方に伸ばされている。十数人の男たちが盆踊りの準備をしているのだ。道に沿って紅白の天幕を張っている人たちもいた。そばを通りかかるといっせいにぼくたちのことを振り返り見ている。『何者だ、こいつらは』畑の中から不意に現れた見かけない男二人に驚いて警戒している様子、どうやら歓迎されている視線ではなかった。足を早めて広場を通り過ぎることにした。

広場を過ぎて、またサトウキビ畑の畦道を少し行ったところで夢眠が言った。

「あのさあ、昔このあたりでものすごい戦争があったんだよな」

ワッサワッサワッサ、サトウキビ畑が細い畦道を覆うように風に揺れる。

「あったんやね」

ぼくはそうこたえた。こんなきれいな青空の下で銃弾が飛び交い、この畦道を逃げて行く女の人や子どもたちの姿をぼくは想像していた。今はサトウキビ畑の揺れる音と鳥の鳴き声しか聞こえない。炎天下に、ただこうして歩いているだけでも暑くてTシャツが汗でびしょ濡れになり、喉もカラカラになる。今ぼくらが歩いているこんなところで戦闘があり、男も女も老人や小さな子どもたちも、大勢の人がここで傷を負い亡くなっていったのだ。

　この道はどこまでつづいているのだ。ぼくはむし暑くてたまらなくなり「ワーッ」と叫びたくなるほどだった。

　するとサトウキビ畑の道が突然途切れた。目の前をアスファルトの道が横切っている。ぼくはサトウキビ畑の中で戦場を想像しながら歩いていたのだが、突然現れたアスファルトの道に、ぷっつりスイッチが切られ、想像を停止されてしまった。

　今度はアスファルトのその道を歩いて行くしかなかった。しばらく行くと道は南に向きを変え、ほぼまっすぐにつづいている。バスが通るみたいだ、道幅が少し広くなっている。だがアスファルトの道はほんの少しの区間だけで、その先は再び荒れたデコボコの土の道になり、はるか先まで蛇行しながらつづいていた。

　汗が目にしみる。首すじからも背中からも汗が流れ落ちる。道端のどこでもいいから腰を下ろして休みたいと思うのだが、休める場所がない。木陰も腰を下ろせる土手も何もない。夢眠の額や頬に土ぼこりの付いた汗が二、三本線を引いて流れている。それを手で拭うものだから、頬に泥の筋が入っている。多分ぼくの顔も同様なのだろう、口の中にまで泥が入ってきてジャリジャリ音がした。

ようやく道端に小さな盛り土があってその上に尻もちをつくように座ることができた。夢眠も同じ土の上に座りこんだ。

「かったるいよな」

夢眠が独り言のように言った。煩わしくなってくると夢眠はよく「かったるい」と言った。「かったるい」と言う感じがよく分かるので、ぼくにも「かったるい」という言い方がうつってしまったようだ。

「ほんまかったるいよね、こんな調子で海まで行けるんやろか」

「ウィスキーでも買ってくるんだったよな」

夢眠は那覇のバスターミナルにあった売店でウィスキーの小瓶を買っていくかどうか、ぼくに相談したことを思い出した。

「海の家に行ったらなんかがあるやろ、きっと」

あの時ぼくはそうはぐらかしてしまったことを後悔した。こんなことになるならひと瓶買ってくるべきだった。

ぼくらはまた歩き出した。いつも引きずっている夢眠の右足が、いまはなおさら重そうに引きずっている。そう長く歩いていけないだろう。

「海なんかぜんぜん見えてこないし」

「ああ、見えてこねえなあ」

「オーイ、海、どこだー」

ぼくは海の方角に大きな声で叫んだ。

「オーイ海の野郎、てめー、返事くらいしやがれー」

夢眠もそう叫んだ。

「こうなったら、ヒッチハイクでもするしかないか」

ぼくはそう言ってはみたが、すぐに空しくなった。この道で車が走っているのを一台も見なかった。

ぼくらはまた歩き始めた。すると観光バスが二台、後ろからひどい土煙を舞い上げて通り過ぎていった。そのすぐ後から少し遅れて乗用車が一台やってくるのが見えた。ぼくは振り向いて両手を振ったが、車はぼくらを追い越して行ってしまった。やっぱりダメかと見送っていると、少し行った先で急に停車した。

「なんね！」

車の窓が開いて、男がこちらに顔を出した。中年の男がひとり車を運転していた。

白いTシャツからまっ黒に日焼けした太い腕がハンドルを握っている。日焼けした顔に大きなギョロ目。白目だけが動いている。

「海まで乗せてもらえませんか」

ぼくは車に駆けよって声をかけた。

「ああ乗んな」運転手の即答だった。『ラッキー』内心踊る心地だった。

ぼくも夢眠もさっそく後ろの席に乗り込むと、車は勢いよく南に走り始めた。右に左に大きく蛇行する道。

「あんたら沖縄旅行ね」

運転手の男がそうたずねた。

「そうです」ぼくがこたえた。

建設関係の人だろうか、後ろの窓の下に白いヘルメットがいくつか転がっている。

「あんたら、どっからね」

「大阪です」

「おお大阪ね、学しぇいね」

「そうです」

「うちの息子も、大阪の大学行ってるさ、そんでもって困ったもんよ、学しぇいウンドーなんかやりやがってさ、あんたらもやっとるんやろ」

バックミラーの中の男の目がぼくを見ている。

「やってません」ぼくはすかさずこたえた。

「いやーダメダメ、アンタの顔にそうだって書いてるさ、そっちもかね」

バックミラーを覗き見て、男は夢眠の顔をうかがっている。

「ぼくはいま那覇に住んでますです」

夢眠がすかさずそうこたえた。

「ほうか、ならあんたが那覇に訪ねてきたんね」

男はぼくにそう言った。

「いいえ那覇に来てから知り合いました」

「ほうか、よいなあ若いのは、すぐに知り合いになれてのう」

「はあ」

「それで、あんたも学しぇいさんね」

男はまたバックミラーの中の夢眠に視線を移してそう言った。

「ぼくは学生やめまして、今は何というか、なんだろうね」

そんな風に言った。夢眠から「学生をやめた」というのは初めて聞いた。

「ほうか、那覇でなんかしとるんか」

「何をしてるんでしょうかね、金がなくなってどうしようもなくなったら働きますけどね」

「ほう、ほうか」そう言って男は何も聞かなくなった。そうしてしばらくして男はまた夢眠にたずねた。

「そっちのあんた、どこから来たね」

「東京です」

「東京ね、うちの人はおるんか」

「おるんかって?」

「あんたのこと、心配する人おらんのかっうの」

「うちの人は誰もおらんです、ヒロシマに兄と姉がいたけど、いまはわからんのです、東京のどこかにおるらしいけど、どうでもいいのです」

夢眠はぼくの方に心もち顔を向け、ぶっきら棒な話し方だった。

「そうか、ワケありやのう」と、男は短くそう言ってまたしばらく会話が途切れた。分厚い肉の塊みたいなくちびるをぎゅっと閉じたままだった。夢眠の面倒くさそうな言い方が気にさわったのだろうか。

バックミラーの中の男の顔になんの変化もなかった。

男とのやりとりで、夢眠のことを少しだけ知ることができた。ぼくにとっては夢眠の身の上などどうでもいいと思っていた。だから何も聞かなかった。どうして人はどういう人間なのか知りたがるのだろうか。今のままの、あるがままの、見ず知らずの誰かでいてくれた方がよほど気がラクなのに。

「うちの息子だけどな」

しばらくして男は、大阪の大学に行っているという息子の話をしだした。

「今、ちょうどこっちに帰ってきとってな、大学も、バイトも休みだとかで気らくなもんさ」

「ぼくと同じです、学校が封鎖していて休みと同じなんです」

そう言うと、男の口元が少しゆるむのが見えた。

「ようやるさ、学しぇいらも、勉強しに行ってるつうのに封鎖だなんだってな、何考えてんだか」

「みんな必死で、けれどみんなどこか白けてましてね」

ぼくはそうこたえた。

「白けてるって、そんなんでええのかねえ」

「そんなんでは、よくないと思うんです」

ぼくがそうこたえると、また話が途切れた。車の窓が全開にしてある。だから砂ぼこりが遠慮なく舞い込んでくる。シートの上もぼくらも砂だらけだ。

「あのなあ、今日は、ちょっと海を下見に来たのさ」

しばらくして男がそんなことを言った。

「下見ですか」とぼくがたずねた。

「夜、海に潜って海老を取るんさ、でかいのいるよ」

「海老ですって」

「しばらく来れんかったんでさ、息子が帰って来たんで久しぶりに今夜あたり息子のやつと来ようかと思ってさ、その下見さ、海に出てずーとボートで沖まで行くのさ、そんで潜って、珊瑚礁の棚のすき間をライトで照らして、海老をわし摑みするんさ、こうやって、ぎゅっと」

　ハンドルから両手を離すもので車がぐらりと揺れて、ヒヤリとする。

「素潜りなんですか？」

「素潜りさ、手袋だけしてな」

「へえー、おもしろそう」

「おもしろいさ、一晩にさ、十五匹ほど獲れることがあるさ、一尺ほどもあるヤツがいてさ、伊勢海老に似ててな、那覇の市場へ持ってくとなんだかんだで、一匹二千円は堅い、けどな、わかるやろ、密漁ってヤツでさ、足元見られて値切られるのさ、へへ、でも、気にしちゃないけどな」

　運転手の男は得意げに間断なく海老漁の話をする。ぼくは男の話がおもしろくて、相づちを打って聞いていた。夢眠は興味がないのか、馬鹿馬鹿しいといった態度で、シートにからだをあずけ、悠然とタバコをふかしていた。

　車は摩文仁の丘の近くまで来るとぼくらは下ろされた。男の車は砂塵を巻き上げ西の方へ走り去った。おかげですぐ目の前に海が見える所にまで来ることができた。

　戦跡公園と表示のある道を、さらに南へ歩いた。ゆるやかな長い丘を越えたところで、ぱっと目の前に海が開けた。その先が断崖になっていて、打ち寄せる白い波と岩に砕ける波の音が聞こえる。手前はエメラルド色のゆるやかな渚がつづき、珊瑚礁の切れ目になった白い波の打ち寄せるその先は、はるか水平線まで鮮やかな群青色と濃紺色が混ざり合い絡まり合う輝く海だった。まったく驚くばかりだった。ぼくはこんなきれいな海を見たことはなかった。

「海へきたぞー」と大声で叫びたくなる気分をぼくは必死で抑えていた。

「さっきのオヤジ、ベラベラよくしゃべるオヤジだよね、でも、お前さんて、なんてもの腰のやわらかい人なんだろうね、あんなオヤジの話におつき合いしてさ、ずっと聞いていられるんだものすごいよ、オレなんてさ、できないしまっぴらゴメンだしね」

夢眠の言い方は少々皮肉っぽい口調だった。ぼくは運転していたさっきの男に調子を合わせていたわけではなかった。夜の海老の密漁の話が面白くて、つい興味をそそられて聴き入っていただけなのだ。

ぼくらはようやく広い砂浜のはずれにたどり着いた。広漠とした白い砂浜と、ズシリとした深い青を湛えた海。浜には海の家が一軒だけ開いているだけで、客はぼくたちのほかに家族づれが二組いるだけだった。ぼくと夢眠は広々としたきれいな浜辺を独占しているようだった。波の音のほか何も聞こえない静かな海。太陽は頭上からわずかに西に傾きはじめた頃で白い砂浜をまぶしく照り返していた。

ぼくはとにかく早く海に飛び込みたかった。下駄を脱ぎ、Tシャツとジーパンを着たまま打ち寄せる波の中に飛び込んだ。海水は、その青さから想像すればかなり冷たいものだと思っていたが、実際にはその反対で、やさしく心地よい感じがした。夢眠が後から海に入ってきた。

ぼくはさっき車の男が話していたことを思い出していた。沖でまっ白な飛沫を上げている珊瑚礁の切れ目まで泳いで行き、海老を見てみたいと思った。夢眠にそのこと言うと「やーめた」と、途中で浜に引き返してしまった。サンゴ礁の切れ目の、白い波の砕ける辺りははるか沖にあった。泳いでも泳いでもなかなかたどり着けなかった。

どれくらい来ただろうか、岸を振り返ると夢眠らしい小さな姿が砂浜に寝ころんでいるのが見えた。泳ぎつづけて、少し休もうとして立ち泳ぎをしていると足の裏に、ザラッとした軽い痛みを感じた。珊瑚礁の棚の上だった。大きな円形の石板を、何重も段違いに積み重ねたような珊瑚礁。ぼくはその上に立ち上がることができたのだ。

立つと水面が腰のあたりにあった。

水中眼鏡があれば、透明なエメラルド色の海中に、寄り合い重なり合い、奥深い溝をつくる珊瑚礁の世界を見ることができるはずだ。水中眼鏡がなくても、ただ潜るだけで神秘的な青い世界が広がっていた。こんなにすごい世界を、今ぼくは独り占めにしているのがうれしかった。珊瑚礁の棚の上を次から次へ潜水しながら泳いだ。足元に、蛍光塗料を塗ったようなまっ青な魚が群れてすり抜けていた。

あの車の男が話していた、白い波が砕けているあたりまでは行けなかったが、ここでもうじゅうぶんな気がした。仰向けになり海面に浮かぶと、ぼくの全視界がまっ青な空に覆い包まれた。そのままジャブジャブ波を蹴ると、白い水しぶきが青空に舞い上がった。

すっかり夕焼けの空に覆われる頃、ぼくらは夕陽を背に、海辺を出た。海の家でシャワーを浴び、からだと着ていた服をぜんぶまとめて洗った。服は自然乾燥だ。絞った服をそのまま着る。浜の近くのバス停から那覇行きのバスに乗る頃にはすっかり乾いていた。

バスの窓から眩しい夕陽が水平線に沈む瞬間が見えた。海に飲み込まれる瞬間、水平線にさっと金色のきらめく光が左右にたなびくのが見えた。放射状の光が雲をまっ赤に染めている。バスがひめゆりの塔の前を過ぎた頃、海はいっきに色を失い闇に閉ざされて行った。

ペリーへ戻る途中、旭橋のバスターミナルの近くの食料品店で、稲荷ずし十個と泡盛の小瓶六本、それに電球を二個買った。

夢眠はペリーの家に戻ると、暗がりの床の上にゴロリと寝転んだ。ぼくは部屋にぶら下がった裸電球のスイッチを手探りで灯すと、部屋の隅に尻餅をつくように座り、そのまま眠ってしまった。

座ったまま眠っていたので、尻の感覚がなくなるくらいしびれていた。時計は、夜中の一時を指していた。ぼくは四時間以上も同じ姿勢で眠っていたことになる。

夢眠は、右目だけ半分ほど白目をむき、口を開け大きな鼾をかいていた。口元から涎が出て床の上に垂れ落ちている。

暑くてたまらなくなり、ぼくは部屋の中ほどの引戸を開けた。引戸はこの家の唯一の窓にもなっているのだが、ずっと閉めたまま放置されていたのだろう、こびり付いてなかなか開けるのが面倒だった。ようやく開けると、向かいの家との間の路地にわずかだが風が流れていて、部屋の中に涼しい風が入ってきた。

ぼくが引戸をギコギコこじ開けていた音で、夢眠が目を覚ました。

「さてと、稲荷ずしでも食べるか」

目を開けた夢眠に声をかけた。夢眠は両手で目を押さえ、あーっと大きなあくびをした。ぼくは稲荷ずしの入っていた紙袋を破いてシワを伸ばして広げ、泡盛の瓶をその上に立てた。それからおもむろに稲荷ずしをひとつほうばった。腹が減っていたのでやたらうまかった。

夢眠は気怠るそうにのっそりと立ち上がると、流し場へ顔を洗いに行き、濡れた顔をTシャツの裾を片手でたくし上げ無造作にぬぐっていた。

夢眠は今日一日でかなり日焼けをして顔が赤く少し浮腫んで見えた。そのままぼくの前にドカリと座り、稲荷ずしをひとつ口に放り込んだ。それからぼくがもうひとつ稲荷に手を伸ばしかけた時に、不意に部屋の唯一の灯りだった裸電球が消えた。

「あっ、停電」と二人同時に声が出た。

電灯が消えるとぼくの目の前がまっ暗闇に包まれた。那覇の街中で、停電は度々経験していて驚きはしなかった。暗闇に目を這わせていると、

「これはいいよ」

と、夢眠が暗闇の中でそんなふうに言った。ぼくは、何の事を言っているのかすぐにはわからなかった。

「ほら、そこだよ、そこ、そっちへ移動すりゃいいだけだよ」

夢眠が、部屋の床の上を指さしている。ぼくがギコギコ音を立てて全開にした引戸。その開け放たれた窓から、たたみ半畳分ほどの明るい光が床の上に差し込んでいる。くっきりと四角く切り抜いたように、白い月の光が床の上に降り注いでいたのだ。

ぼくは泡盛と稲荷ずしを紙袋に載せたまま、月の光の下に引きずって移動した。ぼくは腹がへっていて稲荷ずしをもうひとつがぶりとほおばり、夢眠は泡盛の小瓶をラッパ飲みした。

十三夜の月だろう、見上げるとほぼ満月に近い月が、路地を隔てた向かいの家の屋根の上から光を放っている。なんてまばゆい光なんだ。那覇は空気が澄んでいる。そのこともあるのか、月が地上に近いのではと思えるほど明るい。白い光がサラサラと音を立てて床の上に降り注いでくるようだった。

ぼくも泡盛をひと口啜った。路地を吹き抜ける風が、日に焼けて火照ったからだを心地よく撫ぜてくれる。

『瑞泉』という泡盛の小瓶は那覇でなら安く手に入れることができる。ぼくは少し飲んだだけですっかり酔いがまわってきた。床板だけのこの部屋が、ゆらゆら揺れて、畳があるとかないとか、そんなことはどうでもよくなっていた。

「夢眠は、いつまで那覇に、いる気なんや」

ぼくは夢眠に、いったい何が聞きたいのだろうと思いつつそんなことをたずねていた。

「わからないよそんなの、そうだなあ、まあ気が済むまでかなあ、流れにまかせているよ」

夢眠は泡盛をまたひと口、口にする。

「気が済むまでって、どうなったら気が済むんやろね」

「どうなったらって、そんなこたえなんてないよ、ぼくの方が聞きたいくらいだよ、こたえがでるのは明日かもしれないし、爺さんになってからかも知れないし、それまでずっとここに住んでたりしてね」

夢眠の話し方は酒を飲んでも飲まなくても同じ調子だった。ろれつが回っていなくて、抜けた歯のすき間からスースー音が漏れる。

　ぼくはつまらないことを聞いてしまったようだった。

「あっ、そうや」と話を変えた。

「今日な、海で泳いでいた時に、サンゴ礁の下に何か妙なものが見えたんや」

「妙なものってそれ、あれだろ、あの車のおやじが言ってたエビのことじゃねえのか」

「じゃなくてな、サンゴのテーブルが、こう何枚も折り重なっててな」

　ぼくは海の中で見たサンゴの様子を身振り手振り説明した。そのテーブルとテーブルが重なるそのわずかなすき間に見えたものを説明するためにだ。

「そのすき間に井戸みたいな穴が見えたんや、ホンマやで、垂直に落ち込んでいるみたいなまっ黒な穴なんや」

「へー、なんだいそれ」

　夢眠は急に目が覚めたみたいに顔をほころばせ、泡盛をぐいとひと口飲んで声を強めた。

「なんかズルズル引き込まれそうで、怖くなって水面に顔を上げたんや、それでもう一回潜って、さっきの穴を探したんやけど、いくら探しても見つからなかった、消えてたんや」

「思い切って穴の中へ入っちゃえばよかったのかもな」

夢眠はシシシシと笑った。

「信じてないなぁ夢眠は、ぼくの話、ホンマにホンマやで」

「あ、そうか神様の抜け穴かもしれないなあ、あの海には神様が住んでいてもぜんぜん不思議ではないよね」

夢眠はそうつづけて言った。

泡盛を飲むと甚だしく酔ってしまう。ぼくはそもそも酒に弱い、弱いくせに久しぶりに飲んでベラベラと思いつくまま話していた。

「何か変だよね沖縄って、何をしてたって、誰も何も言ってこないし、やたら親切やし」

ぼくがそう言う。

「そうなんだよ、東京だったら、ぼくなんか何にもしてないのに警察官がすぐに近寄ってくる、職務質問だとか言ってな、ここでは裸足で街中を歩いてたって、誰も知らん顔なのさ」

夢眠が、もう一本泡盛の栓を開けながら言った。

「ほら、音楽の音階もちがってるしな、半音高い音が混じっているのに、それがここでは心地よい音階になってる」

ぼくがそう言うと、

「そうか、それなんだ、ようやくわかったよ、そういうことなんだ」

夢眠は泡盛の瓶をひと口ラッパ飲みしてそう言った。

「ぼくって人間はさ、子どもの頃からずーっと半音ズレっぱなしでね、合唱なんて、ズレまくって合わせられない、野球なんて大嫌いさ、他人と合わせられない、人生そのものが半音ズレてるみたいでさ、でも自分流だから、それがまたぼくの魅力にもなってるってわけだけどね、へへへ」

『瑞泉』の空き瓶が床の上に転がる。ぼくは今夜は、なぜだか泡盛がスイスイ心地よくからだにしみていく。

夢眠はぼくから酒瓶を取り上げると、またひと口ぐいと飲んだ。明るい電灯の下なら、たぶんぼくの顔はトマトみたいにまっ赤になっているだろう。

「そうだ、月光浴しようぜ」

夢眠がそう言った。全開にした引戸から月の光がさし込んでいる。夢眠は白く切りとられた光る床の上に移動した。ぼくも移動した。うとうとしかけていたぼくのからだに、真昼のように明るい月の白い光が降り注いだ。

「俺の顔、赤いか」とぼくが聞くと、

「いいや、黒い」と言う。

「俺の顔は」と聞くので、

「青い」と言うと、夢眠は「ウソ」と両手でごしごし顔をしごいた。

「月の光でからだを焼いたらどうなるんやろな」

真顔でぼくがそう言うと、

「そりゃあ月光焼けだろ、朝になったら、からだ中がまっ青になっているんじゃないのか」

夢眠は自分で言っておいて、

「おもろいこと言わせるんじゃねえよシシシシ」

と、からだをくの字に折り曲げて笑う。

「日光で焼くとまっ赤になるしな」とぼくが言うと、

「交通信号じゃん、シシシシシ」

夢眠は自分で言っておいて、腹を抱えて後ろにコロンとひっくり返り痙攣したみたいに可笑しさを堪えている。

「お前さんて、トボけてやがんな、くそ真面目な顔してさ、だからよけいオモロイんだよな」

からだを起こし、それだけ言うとまた後ろにひっくり返って笑った。

「なんでやねん、オモロイことなんかないやろ」と言うと、

「ナンデヤネンって、ワケわかんねえよ」

また笑って笑いが止まらなくなった。身をよじり、どこがそんなに可笑しいのか、夢眠のほうがワケがわからなかった。

四角い月の光は床の上を這うようにどんどん移動していく。ぼくらも月の光とともに床の上を移動した。

先ほどまでの有頂天な酔いもやがて治まってきた。

「お前さん、しばらく沖縄にいたほうがいいよ、帰ったってしかたねえんだろ」

夢眠がようやく平静さを取り戻したようだった。

「そうしたいけどなあ、でもやっぱり」

「家のこととか、いろいろ現実のことがだろ」

「まあ、そんなとこや」

「くだらないと思うよ、そんなの」

夢眠は、面倒なことは即座にくだらないことだと切り捨てる。

「くだらないかもなあ」

ぼくが頭をボリボリかき上げながらそう言うと、その仕草がおもしろいと夢眠の顔がじわじわほころび、思い出したようにシシシシと腹を抱えた。ごろんと仰向けに寝転び笑っていたのだが、笑い声はすぐに寝息に変わっていた。

月の光は床の上を移動して、最初に見た時の半分の面積になり、四分の一になり、路地を隔てた向かいの屋根の向こう側にすっと消えた。

翌朝、夢眠はぼくより少し早く「じゃあ」とそっけなく言ってペリーの家を出て行った。

ぼくは宿泊代として夢眠に一日に二百円渡すことにした。畳も布団もない、しかし屋根のある雨風をしのげる部屋代としてだった。それでもぼくにとっては大助かりだった。互いに左右されたくないから二人が一緒に行動することはない、どちらからともなく自然な成り行きでそういうことになった。

いつの間にか夢眠もぼくもこの住処のことを「ペリーの巣」と呼ぶようになっていた。宿屋でもなく住居でもなく、ただ寝るために帰ってくる樹の上にある鳥の巣のような場所だったからだ。

ぼくは、いつも正午前にペリーの巣を出た。坂道を下って行くと、つきあたりに「前原」というパン屋がある。パンはもちろんいろいろ売っている。缶詰の大和煮もサバ缶も何でもある。店には歩道に面して、小さなガラスケースに入った稲荷ずしやのり巻きずし、サンドイッチが並んでいて、食欲を誘っている。いつも、この店の女主人と娘さんらしい若い女の人が二人並んで売っている。ぼくは顔なじみになりあいさつをしてくれるようになった。サンドイッチとコーラを買って店の前のベンチで朝食をとる。前原パンの前を右に行くと「ペリー」のバス停がある。そこから県庁近くのバスターミナルまで行き長距離バスに乗り変える。

一号線を西海岸沿いに北上すると、道路沿いに海水浴場が点在している。そして適当にバスを降り、気に入った所を見つけると、海でのんびりと過ごす。海の家の人は誰も親切だった。海で泳いでは、風通しのよい木かげで居眠りしたり、海の家でカレーや定食を食ったり、シャワーでからだを洗い、ついでに洗濯をし、二百円あれば何もかもぜんぶできた。宜野湾から恩納村にかけて、毎日場所を変えて海水浴に出かけた。白い浜とまっ青な海、どこと言わず居心地のいい海だった。

夕暮れ前には那覇に戻ってくる。那覇の西、西武門(ニッシンジョウ)の浜から見る夕陽は、見ごたえがあると聞いていた。西武門の防波堤には夕涼みの人たちが大勢やってくる。ニライカナイの神々を迎える門。話に聞いて想像していた以上にすごい夕焼けだった。夕陽が海に沈みはじめると、水平線からずっと頭の上まで空がどきりとするほどの朱色に染まる。太陽が海に消え入る瞬間まで、眩しくて目を開けていられなくなるほどの真紅の世界だった。

首里の丘の上にある琉球城跡へも行ってみた。かつて城廓のあった場所には琉球大学の無骨なコンクリートの施設があるだけで見るべきものは何もない。一度行けばじゅうぶん、もう一度行きたい場所ではなかった。

嘉手納米空軍基地の南東、コザの街中へも行ってみた。三年前にこの町で大規模な騒動が起きた。米兵による自動車事故により沖縄の女性が死亡する事件が起きた。しかし警察は事故を起こした米兵を捕らえる事も裁くこともできない。この矛盾した事態への市民の怒りだった。米軍の関係車両が何台も火に包まれ、規制する警察と市民との争いで大勢のけが人が出た。

　ぼくは下駄をカラコロ鳴らし、ずだ袋を肩にぶら下げコザの町中を歩いた。米兵たちと裏通りですれ違う。Tシャツと半ズボン姿の若い兵士たち。ベトナムからの帰還兵か一時休暇の兵士たちだ。彼らにぼくはどう見えているのだろうか。気らくそうに物見遊山にきた日本人の若者。すれ違いざまに目が合ってしまう。目が合っているのだがなぜか彼らの目は、ぼくを素通りしてどこか遠くを見ている。彼らはますます激化していくベトナム戦争の火中にある。殺気立っている風ではないが、ガラス玉みたいに表情のない目が、いつ暴発するかわからない険悪な光を放っている。コザの市街地は、ぼくひとりで歩くにはヤバすぎる町だった。

　浜辺で寝そべっていることも、西武門（ニッシンジョウ）の夕陽を眺めていることも、一週間と続くものではなかった。たちまち飽きてうんざりしてしまったからだ。そう気がついた頃、ぼくは那覇の街中をあてもなくうろうろ歩き回るようになっていた。

この街には一見穏やかな空気が漂っていた。人も大らかでやさしかった。内地からやって来た長髪の浮浪する者たちは大勢いた。みんな、うす汚れてすり切れたボロ雑巾のようだった。ぼくもそのうちの一人だが、出て行けと言われないことに救われる思いがしていた。

ぼくの頭の中がすでにからっぽになっていた。からっぽになると頭もからだも空気みたいに軽くなって、どうでもいいやという気分になってくる。恐れも恥ずかしさも大したことには思えなくなる。確かなことといえば腹が減ってどうしようもなくなることくらいだ。困った時には川の上食堂のおばさんの店に行った。丼物やラーメン、ゴーヤチャンプルーもようやく食べられるようになっていた。なにかを食べている時だけ、ぼくがぼくでいられるような気がした。

にぎわう那覇の平和通りへ来ただけで腹の虫が疼いた。朝は朝市、夕べの夜市。通りには魚や豚肉、乾物が筵の上の木の箱にぎっしり詰められ並んでいた。鮮やかな青や赤の熱帯の魚、貝類や海老やナマコ、海蛇まで。豚足、豚の顔や尻尾も並んでいた。

川の上食堂のほかにも、市場の周辺には安くて腹いっぱい食わせる店が何軒もあることがわかった。牧志商店街の入り口、三叉路が交差するまん中に電柱が一本立っていて街灯が灯っている。その電柱の下で丸いサングラスをかけた盲目の老女がひとりギターを弾いて唄っていた。ゴザを敷き座布団の上にペタリと正座して、指先にブリキの弾き爪をはめギターを弾いている。ギターも歌声も持参のスピーカーから響いてくる。膝の前にはボコボコにへこんだ金だらいが一つ置いてあり、中には小銭が入っていた。ぼくは盲目の老女の唄声を聞くのが好きだった。わざわざ近くの食堂のカウンターで餃子を注文しビールを飲んだ。老女の声はしわがれているが透き通ったいい歌声だった。渇いたギターの音色が哀感をさらにかき立てていた。『湯の町エレジー』『越後獅子の歌』こらえきれなくなるくらいしみじみとして、牧志の市場の雑踏の中に響いていた。

ある日の午後、三越百貨店のショーウインドウのガラスにぼくが写っていた。髪が伸びヒゲをうっすらたくわえ、下駄を履き麦わら帽をかぶり頭陀袋を肩にかけ、まっ黒に陽に焼け、ジーパンとTシャツ姿のぼくは、ぼくとは思えないくらいよれよれのボロ布のようだった。

街中をあてもなく歩くうち、夢眠に会うことも度々あった。三越百貨店の石段に腰掛けている時、ふと横を見ると夢眠がいた。牧志の公設市場の中の沖縄そば屋、松尾のパチンコ屋の便所で、夢眠とはち合わせすることもあった。出会っても、いっしょに行動することはなかった。声はかけるけれどすぐにどちらからともなくフラリと別の場所へ消えていった。

ぼくが那覇の街を出てペリーの巣へ戻るのは、いつも最終バスで十二時を過ぎていた。夢眠はいつもぼくより先に戻っていて、電気もつけずまっ暗な部屋の中でごろ寝していた。

ぼくらは夜な夜な月光浴をした。ぼくが泡盛と稲荷ずしを買って戻ってくると、引戸を開け夜風に吹かれながら酒宴をする。互いに思いつくままの話をし、床を這う月の光が消えてしまう前に、夢眠とぼくはどちらかが先に眠ってしまっていた。

夢眠は毎朝、ぼくからの宿泊代二百円をポケットにねじ込み、どこかへ出かけていく。泊港の職安で仕事を見つけて、週に何日かドカタの仕事をしてくることがあった。仕事にいかないときもあった。そんな時には、時折、本土からの旅行者をペリーの巣へ連れて帰ってきた。たいていはぼくと同じ、ひとり旅の学生たちだ。

「彼は同居者ですから、けっして怪しいものではありません」

ぼくのことをそう紹介する。そして夜「よかったらキミもどうですか」と月光浴に誘う。それはとても気に入られるのだが、眠るときの畳のない板剥き出しの寝床にはさすがに耐えきれず、彼らは朝早々に、なんだかんだ言って出て行き二度と戻ってくることはなかった。週に三人ほどの旅行者がペリーの巣にやってきたことがある。

「行くところがなかったら、今夜またきてもいいですよ」

夢眠はぼくにも言ったことのある同じことを、彼らにも言う。すぐに慣れるからしばらくここにいたらいい、とぼくも説得したが結局一晩以上いた者はいなかった。

彼らは出て行くときにそれぞれ必ず何かを置いていく。紙コップやアルミのボール、果物ナイフ、スプーン、蚊取り線香、即席ラーメン、インスタントコーヒー、那覇への貨客船から失敬してきた毛布。何もなかった部屋が、十日ほどする内にいろんな物で賑やかになった。

「だからさ、こうやって人はどんどんお金持ちになっていくってわけさ」

夢眠は歯抜けの口元をほころばせ、シシシシと笑うのだった。

「今日は仕事に行ってくるよ」

朝早く、夢眠は気だるい声でそんなことを言うとペリーの巣を出て行った。何日か前に家賃のことを気にしていることをチラッともらしたことがあった。仕事探しはそのためだと思った。

その夜、ぼくよりも遅く、夢眠が大きな紙包みを抱えて戻ってきた。いつになく元気な様子だった。

「さ、就職祝い、やっとくれよ」

紙袋から中身を引き出す。パンのヘタではなく歴(れっき)とした食パン、肉の缶詰、チーズ、ソーセージ、スルメやピーナツ、ツケモノまで。いつもの『瑞泉』の小瓶もある。夢眠は得意げに床の上に広げていった。

「ということはいい仕事にありついたということやね」

とぼく。

「当たり前田のクラッカーじゃん、給料もホレこの通り」

ジーパンの後ろポケットから汚れたタオルをひっぱりだした。タオルといっしょに小銭が床の上にバラバラと散らばった。ポケットからさらに札が出てきた。合わせて四千円以上あった。

「それってもしかしてヤバイ仕事？」

とぼくがたずねた。

「ヤバくはないさ、ふつうのドカタさ」

「沖縄のドカタってしんどそうやなあ」

「ドカタはどこも同じさ、だけど結構いい銭になるのさ、日当もその日払いだしね」

泊港のフェンスの付け替え工事らしい。パワーシャベルが掘った後の穴へ作業員が数名入って、土を掻き出し整地をする仕事。沖縄での仕事は何より暑さとの駆引きが勝負だ。仕事は午前九時に始まり二時間半働く、十一時半から午後三時までは昼飯と休憩時間だ。三時から五時までで終了。実質五時間労働。それ以上は働けない、暑くて体力を消耗するだけで能率が上がらないのだ。

「それからね、第二ラウンドは松尾のチンジャラで、ご褒美ってわけさ」

その夜、ぼくらはペリーの巣始まって以来の豪勢な月光浴をした。お碗といえば、旅行者が置いていったアルミ製のボールひとつしかなかった。ちょうど両手にすっぽり収まるくらいの小振りのボールは万能の働きをしてくれていた。朝はこれで顔を洗い、シャツやパンツを底で叩いて洗濯し、夜は蚊取り線香の灰受けになり、タバコの灰皿にもなった。二人して手荒に扱うもので、すでにボコボコになっていた。今夜はこれに瑞泉を水で割り、夢眠と交代でお碗の泡盛を啜った。

満月が煌々と輝き、青白い光が床の上に鮮やかにはりついている。月光浴に慣れてくると、月の光を微妙に感じ取れるようになってくる。光と影の境目を感じ分けることができる気がするのだ。

夢眠にそんなことを言うと「そう言えばそうかもね」と、上半身を左右に動かし、光と影の間を小刻みに行ったり来たりさせる。

「ほら泊港の米軍基地の裏に事務所があってさ、そこからいろんな工事現場へ行くのさ」日当は六百円だと言った。

内地でのアルバイトだと一日だいたい一、二〇〇円。沖縄ではその半分ということか。ちょっと安すぎではないのかとたずねると、

「いやいや、これでもいい方だよ、それと社長がいいオヤジでね、オレは足が悪いんだけどいいのかと聞いたのさ、すると立って歩けりゃじゅうぶんさあ、なんて言うのさ、気の向いた時にいつでも来たらいいさ、なんてね、うれしくなっちゃってさ、いい社長だろ、よかったらお前さんもヒマつぶしにやらねえか」

夢眠は、いつもの気だるい話し方とはまるで違っていた。滑らかな活気のある口調で話し続けた。ぼくは黙って聞いていた。話す声もいつもとは違って声高だった。

「稼ぎが多くなったらさ、そしたらデラックスな暮らしができるじゃん」

「デラックスな暮らし」なんて異質な言葉が夢眠の口から出てきたもので可笑しくなった。

「それにさ…」と、夢眠が言いかけるのをぼくが遮るように言った。

「夢眠…、あのな、オレ明日、那覇を出るわ」

「ええ！」と夢眠は驚いてぼくの顔を見ている。ぼくはそのことを言い出しかねていたのだ。

「どうしてさ、ずっと居たっていいんだぜ」

ぼくのひと言に夢眠は不意をつかれたように表情をこわばらせた。

「どうしてさ、どこへ行くっていうのさ」

「そろそろ金もなくなってきたし」

「だから金なら何とかなるって、オレに任せときなって、宿泊代なんていらないし」

夢眠は、床の上に散らばった小銭を手探りでかき集めて手のひらにのせ「ほら」とぼくの前に差し出した。

「うん」

ぼくがそう言うと話が途切れた。月の光だけが床の上を移動していく。

「オレの分まで金を出させたからな」

しばらくして夢眠がそんなふうに言った。

「短い間だったけどね、助かったよ」

路地を流れる風が一時止まっていたが、思い出したように部屋に流れ込んできた。

「そうか、それじゃあいよいよオサラバってことだね、どこへ行ってもシコシコやんなよ」

「ああ、シコシコな」

そう言うと、ぼくは胸がつまってしまった。畳も風呂もない、裸電球ひとつだけのまっ暗な部屋、夢眠はドカタ仕事のあと、疲れてここに帰ってくるのだと思うと、ぼくはつらくなった。

その夜も、夢眠とぼくはアルミ碗の泡盛を回し飲みした。ぼくは沖縄に来るまで泡盛を知らなかった。最初は匂いの強さに抵抗があって、これは合わないからと思い込んでいたのだが、今ではサトウキビと沖縄の上の匂いや熱い大気がそのまま泡盛にしみ込んでいるように感じられて、日焼けして火照ったからだに心地よくしみてくる。

月明かりの下で泡盛はなおさら心地よい酔いをもたらしてくれるのだ。

「あっ、そうそう」

夢眠が想い出したようにボソボソ話し始めた。

「昨日の夜さ、ふと目が覚めたのさ、するとさあ、お前さんはぐうぐう鼾をかいて寝ていたんだけどさ、見るとアレだよ、ウシシシ、ゴキブリのヤツが一匹お前さんの腹の上に乗っかっているじゃねえか、ワッと思ったんだけどさ」

「へーっ気色悪」

「気色悪いだろ、それでさ、タオルでシッシッてこうやって追っ払ったんだけどさ」

ククク と夢眠は思い出し笑いをしている。

「それがさあ凄いんだよ、そのゴキブリの野郎、しっかり踏ん張って動こうとしないんだ、こっちをギロって睨みやがってさ、なんとなくお前さんのことを守ってるみたいなのさ、それでそのままにしといたのさ、お前さん、あのゴキブリの野郎にも気に入られたみたいだぜ」

ぼくがペリーの巣に来た最初の日に、ゴキブリが一匹いきなり正面からぼくの顔をめがけて飛んできたことを思い出した。黒いカブト虫くらいある大きなゴキブリだったが、その後見かけなくなった。毎夜ぼくらが遅くまで月光浴などしていたもので、うるさくて居づらくなってどこかへ出て行ったのかもしれない。

「あのでっかいゴキブリ、米軍がベトナムから連れて来たのさ、米軍なんてロクなことしねえのさ」

夢眠は、眩い月を見上げてそう言った。ぼくもため息をつき、目を細めて月を見上げた。夢眠は、スルメの袋をビリビリ破り二、三本口に入れ瑞泉をひと口飲んだ。

ぼくは、ペリーの巣にも那覇の街にもなんだか救われた気がしていた。もちろん夢眠と出会ったおかげだった。ぼくはついていたのだと思う。

「いいから飲もうぜ」

夢眠が笑って、アルミの碗に瑞泉を注ぎ入れた。「さあ」と碗をぼくに差し出す。

「お前さんめずらしく感傷的だね今夜は、クニサダチュウジみてえじゃんかよ」

夢眠がシシシシと笑い出した。

「えっなに、国定忠次?」

ぼくは、また夢眠が何を言い出すのかと思ってたずねた。

「だからいいんだって、国定忠次だって赤胴鈴之助だってなんだっていいのさ」

「赤胴鈴之助、なに？」

またたずねた。

「なになにって、だからなんだっていいって言ってるじゃん」

夢眠は語気を強めた。ぼくは泡盛をひと口飲んで、ふうっとため息をついた。

「わかった、じゃあもう一回、国定忠次みたいじゃんて言ってみて」

ぼくは夢眠にそう促した。

「お前さん、今夜は国定忠次みたいだぜ」

「ああ、東の空へカラスが一匹鳴いて飛んで行かあ」

すかさずぼくは芝居のせりふを真似てそう言った。

「親分、あれえ、カラスだっけ？」

夢眠が言った。

「じゃなかった、トンビだっけ？」

ぼくは、またアルミ碗を取るとグビリグビリ飲んだ。ぼくはかなり酔いが回っていて、今夜はいくらでも飲めそうな気がした。

「だから何だっていいのさ、気にしないのさ」夢眠も酔ってだんだんロレツが回らなくなっていた。

「それより待った待った、もったいねえよお前さん、そんな風にヤケクソみたいに飲んじゃ」

そう言って、夢眠はぼくから碗を取り上げると、瑞泉をもう一本フタを開け碗に注ぎ入れた。

「いいかいお前さん、ようく見てるんだぜ、この酒にさ、あの月をこう写して…」

夢眠は碗を両手で捧げるように持ち「こういう風に」と口元に近づけていく。すると碗の中の泡盛の酒面に月の光が反射して、夢眠の顔にゆらゆらゆらめいている。

「なんてな、月の夜は泡盛をこうやって飲むわけさ」

「それ、ぼくにもそれ、やらせてくれ」

夢眠から碗を受け取った。ボコボコのアルミの碗に泡盛がなみなみと入っていて、酒面に満月の光が映りゆれていた。ぼくは映る月の光をグイと飲んだ。べつだん月の光に味があるわけではなかった。

「ああ月光が溶けてからだにしみていく」

ぼくは大げさにそうつぶやいた。

「いけねえ、すっかり忘れてた」

夢眠が思い出したように言った。

「オレらはまったくのアホだよ、アホウ鳥だよ、あの月にはアポロ宇宙船が行ってるじゃねえか、てことは宇宙飛行士の小便も糞も映ってるってことになる」

「うーん、白らけるじゃんか」

ぼくは、わけがわからなくなるほど酔いが回ってきたようだ。

「こういうのって、悲劇なんだよね、まったく」と夢眠が言った。

「いいや、喜劇とちゃうの」

ぼくがそう言い返すと、ぼくの中で可笑しさが一気に喉元に込み上げてきた。泡盛に映して飲む月の光は麻薬のようだった。そのせいかもしれない、頭の中の濁っていたものがすーっと晴れて、ただただ可笑しくなってきた。可笑しくて腹の底から可笑しさが込み上げてきて止まらなくなった。

「喜劇とちゃうのって、なんだよそのちゃうのって」

夢眠は、仰向けにひっくり返って両方の手で床をドンドン叩いている。悶えるように笑っている夢眠の格好が、仰向けに転がったバッタのようだった。

「夢眠、それって死にかけのバッタちゃうの」

ぼくがまたからかうようにそう言うと、

「またちゃうのだって、ちゃうちゃうオレはバッタとちゃうで、シシシシ…」

と今度はうつ伏せになり、横になり、夢眠は可笑しさを懸命にこらえている。その様子が可笑しくてぼくもまたつられて笑い転げた。

「ヒック」ぼくはしゃっくりが出た。

夢眠はぼくのしゃっくりが出るたびに、

「しゃっくりチャウの」とからかって笑った。

ぼくも笑ったが、笑うとまたしゃっくりが出た。

「ヒック」

「しゃくりチャウの」

どこまでもずっと笑いが止まらなかった。


翌朝、とは言ってもすでに十一時を過ぎていた。目が覚めるとぼくは、部屋中に散らかった下着やタオル、洗面用具だのを手あたりしだいにズダ袋にほうり込み、麦わら帽を被った。昨夜、食い散らかした残骸の中でうつ伏せになり眠っている夢眠の背中をつついた。

「夢眠、帰るな」

「ああ」

夢眠は頭をもたげて思い出したようにぼくを見上げていた。

「ああ」

喉の奥に声がひっかかり、声にならないかすれた声でそう言うと、夢眠は、またうつ伏せになり床の上に顔を伏せた。

「じゃあ…」

ぼくは、ズダ袋を肩に引っさげると、下駄を履きペリーの巣を飛び出した。

外は、ぼくが那覇に着いた日と変わらない熱い陽射しに覆われていた。那覇港を出航する船の時間まで四十分ほどしかなかった。ペリーの巣を出ると急ぎ足で坂道を駆け下りる。坂道の途中、石ころにつまずき危うく転びそうになりながらカンカンと下駄の音をやかましく響かせた。

坂道の下まで来て、ふと気になって立ち止まり坂の上を見上げた。夢眠のやつ、もしかしたら出てくるんじゃないだろうかそんな気がしたのだ。しばらく振り返っていたが坂道の上に人影はなく、ひっそりと静まりかえっている。坂道と青い空の接する間には、ただゆらゆらとかげろうが吹き上げているだけだった。

砂まみれのビートルズ

三上高校は大阪府の東の端にある高校だ。

四月、ぼくはこの高校の二年生になった日から、何をやるにしても気が入らず、この高校に入ったことの、めぐり合わせの悪さを感じつつ日々過ごしていた。

ぼくはこの高校のバレーボール部に入っていた。春休み前に、一年先輩にあたる三年生六名が部を「引退」した。毎年この時期に「引退」するのは部の通例になっている。理由は進学の準備のためだとされているが、ならば引退した三年生が、一斉に受験勉強に打ち込んだかといえば、そんな話は聞いたことがない。毎日コートに出て来なくてよくなった分、放課後、それまでやりたくてもできなかったことに時間を振り向けているだけだった。

ある者は、今まで近づきたくてもできなかった女生徒に声をかけたり、ある者は、ボーリング場で、他校の女生徒をナンパしたり、ミナミのダンスホールで、不良のマネをして女の子と知り合いになったり、三年生たちはそれぞれ「引退」を機に女あさりの部活を開始しただけだった。

三年生がいなくなると、二年と一年による新チームが組まれる。

ぼくは一年生の一年間、選手として試合に出たことがなかった。補欠だったのだが、ようやくレギュラーになれるチャンスがめぐってきたのだ。十五名の部員の内、六名が二年生で残りが一年生。順番からいうとぼくがレギュラーになってもおかしくないのだが、それは監督が決めることなのだ。

今年も八月に、夏の全国高校総合体育大会「インターハイ」の大阪府予選がある。監督は、それまでに練習試合を何試合か行い、メンバーを決める。だれをレギュラーにするか、今はまだポジションを固定せず様子を見るということだった。

いまさら仕方がないのだが、どうしてぼくはバレーボール部に入ったのだろうか、と考えることがある。チーム一の小柄、一六五センチの身長だ。今や一八〇センチ台の時代。バレーボールは、背の高い者がだんぜん有利な競技なのだ。

運動部ならほかにもあるし運動部にこだわらなければ文化部だってある。そもそも部活にこだわることもないのだし、いっそ何もかもヤメてしまえばこんな悩ましい思いをしなくてすむのだが。

三上高校は、戦前までは女子高だった。戦後男女共学になったのだが、それもあるのか運動部の活動にはそれほど積極的ではない。

三上高校には競泳用のプールがなく、バレーボールが出来る体育館もなかった。バレーボールの練習場は本校から離れた別の場所にある。金網で囲まれた野外の土のコートだ。バレーボールのコートが二面、それぞれ男子チームと女子チームが使う。他にテニスコートが四面、テニス部が使っている。ここからは信貴・生駒の山脈をはるかに見渡すことができ、山裾まで田園が広がっていて、時折、風に乗り肥の匂いが運ばれてくる。

先輩から聞いたことがある。三上高校では、伝統的にバレーボールは屋外競技だと見なされていると言うのだ。風と土にまみれ体育にいそしむことが心身の鍛錬には、この上なく良いと考えているらしい。

そもそも時代遅れもはなはだしいのだ。ぼくが行っていた中学校には、かなり前から体育館があり、競泳用のプールもあった。三年前の東京オリンピックで、東洋の魔女と呼ばれた全日本女子バレーボールチームが金メダルをとった。代々木体育館でのことだ。バレーボールは国際的にも室内競技とみなされているのではなかったのか。

ぼくの名前は、三上高校二年富田喜一。

「コラ、富田、ボーッとしてんと声を出せ」

練習中、コーチから何度も発破をかけられる。

「ファイト、ファイト」

声を張り上げる。コーチは三上高校出身の小野田という大学生で、自主的に母校のコーチを引き受けている。ぼくは小野田に目をつけられていて、何かというとすぐに発破が飛んでくる。

ワンマン・レシーブという、きびしい練習がある。小野田コーチがセッターの位置に立ち、選手と一対一で相対し、前後左右にボールがつぎつぎに投げ込まれる。選手は一人でコートの中を走り、転げまわりボールを追う。約三分間、休まずボールを追いかける。ゼイゼイ息が上がりからだが重くなり目が眩んでくる。コーチが憎らしいサディストに思えてきた頃に終了する。汗びっしょりでトレーニングシャツもショートパンツも土にまみれる。

練習は放課後の三時半に始まり、夕方五時を過ぎる頃、西の空が紅く染まり、あたりがうす暗くボールが見えにくくなってきた頃に終わる。

着替えをすると部員全員、一列に並んでコートに一礼して去る。コートを出てすぐの道路脇に国吉(くによし)という文房具店がある。文房具店だが菓子パンや飲みものも売っている。練習中は、水を飲むことをきびしく禁じられているから練習後に飲む冷えたコーラやファンタは、カラカラのノドにしみてたまらなくうまかった。バレーボール部と入れちがいに、野球部とラグビー部の土まみれの連中がぞろぞろ国吉にやってくる。

ぼくは自転車通学をしていて、いつも吉田と弓削(ゆげ)と三人いっしょに帰る。ぼくと弓削の二台の自転車で、川沿いの通学路を帰って行く。

吉田は、ぼくの自転車の荷台にまたがってくる。時には荷台に立ち上がり、片足立ちになりバランスの練習をしていることもあった。駅前まで来ると、ぼくと弓削は駅の手前の道を右に曲がる。吉田は荷台から飛び降り、ここで別れる。吉田は、電車で玉造まで帰る。弓削とぼくはたわいのない話をしながら自転車を走らせる。ぼくの家の前まで来ると、弓削はひと息ついて、ここからさらに五キロ先の太田飛行場の近くまで帰っていく。入学したときからの変わらない通学パターンだった。

そもそもぼくが三上高校バレーボール部へ入ったのは、弓削の勧誘にのったからだ。

ぼくと弓削は中学が別々だった。互いにバレーボール部に入っていて、市の大会で、弓削のいる中学と対戦したことがあった。中学時代は九人制で、前衛レフト弓削敏雄の名前は、中学時代から強烈なアタッカーとして知られていた。ぼくの中学は、弓削一人にあっさりひねりつぶされたことがあった。

その弓削が同じ三上高校に入学してきたのだ。先輩たちは入学前から弓削が入ってくることを知っていて、当然のようにバレーボール部に勧誘し入部させた。するとその弓削がぼくを勧誘にやってきたのだ。弓削と同じチームに入れるのだったらと、ぼくは内心うれしくて、ためらうことなく入部したのだ。

高校生になると弓削はさらに身長が伸びて、一八二センチの堂々たるアタッカーになっていた。三年生の先輩のアタッカーがいたが、弓削は一年の夏休みから三上高校のエースになっていた。

現在、三上高校バレーボール部監督の槇原先生は社会科地理の教師で、去年、ぼくらが入学したのと同時に顧問兼監督になった。実践の経験はないが、熱心に教則本を読み、バレーボール・マガジンという専門誌を毎月必ず読んでいて、練習方法や戦術などの知識に詳しかった。大学を出て三年目の親しみやすい教師だったので、はじめの頃部員たちから「マッキー」などとあだ名で呼ばれていた。

ある日の練習後「マッキー」が部員を集めてこんなことを言った。

「大阪府で六十位くらいのチームが三年以内にベスト四に入るなんてあり得ない、みんなはそう思っているやろ、そんなきもちは今すぐに捨てろ、ゼッタイに後ろ向きになるな、わたしは監督としてキミらのそのきもちから変えていきたい」

青春ドラマの受け売りみたいに聞こえた。『これが青春だ』というテレビドラマが流行していた。夏木陽介主演の高校ラグビーの連続ドラマだ。地方の弱小高校ラグビー部がやがて全国大会に出場していくドラマだ。

テレビの見過ぎだと、練習後、部員たちは嘲笑的だった。「マッキー」にこそ絵空事など今すぐ捨てろと言いたかった。現実は監督が考えているほどたやすいことではない。

大阪府には二百五十校以上の公・私立高校のバレーボールチームがある。第一部から第五部までピラミッド型のランク付けがされていて、三上高校は現在三部で、順位でいうと六十位くらいだ。

二部昇格を目指してはいても、ベスト四入りなどほぼありえないと誰もが考えている。今のところ対外試合に通用するのはアタッカーの弓削とセッターの吉田の二人くらいで、そのほかは、ぼくを含めて役に立てる選手はいなかった。

弓削と吉田が次期キャプテン候補だったが、キャプテンは槇原監督のひと言で吉田に決まった。弓削は副キャプテンだった。

マッキーは、チームワークが大事だから、普段からチームワークを良くすることを考えろと、ぼくらに口酸っぱく言う。

心配されるほどチームワークは悪くはなかった。引退した軟派な三年生たちがときどき部室へタバコを吸いにやってくる。先輩にすすめられて弓削や吉田やぼくも、タバコを吸うまねごとをしたが本気で吸っている者はいなかった。部室の屋根裏にギターが隠してあった。雨が降り練習ができなくなると、時折吉田がギターを弾いていた。ママス&パパスの「夢のカリフォルニア」、ビートルズの「アンド・アイラブ・ハー」、「プリーズ・ミスター・ポストマン」などだ。メンバーが揃い、その気になればいつでもバンドを組めるほどの腕前だった。吉田のリードで、部員の何人かがいっしょに歌うことができてたのしかった。

あえて言うと、チームワークを乱しているのはこのぼくだった。ぼくはこの頃、だんだんおかしくなっていた。練習の時、急にからだを動かすのがおっくうになりミスを連発した。

ぼくは夕暮れになるのが怖かった。誰にも言いたくないし、知られたくもなかったのだが、夕暮れになると、目の奥からどんよりとした煩わしさが湧き出してくる。イライラしてからだのチカラがぬけていくのだ。

練習中、急に頭がぼーっとして集中力をなくすことや、コーチにも反抗的な態度で練習を勝手に切り上げてしまうこともあった。

「富田、やる気ないんやったらコートへ出てくるな」

小野田コーチが怒ってぼくにボールを投げつけた。せっかくいい感じで練習が続いていたのに、中断した。吉田と弓削が近づいてきて、ぼくの腕をつかんで部室にひっぱっていかれた。

「アカンやろ富田、どないしたんや」

吉田がぼくの顔を両手ではさみパタパタとはたく。ぼくは、うつむいて両手で顔を覆い床にしゃがみ込んでしまった。情けない思いがして涙がこぼれた。

「しっかりしてくれよ、富田」

弓削が心配してぼくを見下ろしていた。

こんなはずではないのに、どうしてこんな風になってしまうのかわからなかった。

いよいよぼくは壊れてアホになってしまったのだと思いこむようになっていた。

教科書を読むことも授業を聞くことにも集中力を持続できなくなっていた。


昼の時間、ぼくは教室を逃げ出すように美術部の部室へ行くことが多くなった。一年、二年と同じクラスだった高杉豊という美術部員をたずねて行くのだ。

高杉豊は、色が白くやせていて、天然パーマの髪を長髪にし、三上高校の学生帽を目深にかぶっていた。

昨年秋の全国高校美術展の絵画部門で全国高美最優秀賞を受賞していた。『LIFE』という題の油絵で、雌雄二羽の鶴を描いている。一羽が手前に横を向いて立っていて、その背後にもう一羽がくちばしを上に向け大きく羽を広げて立っている。灰色の背景にうす紫色の鶴の影が地面に落ち、二羽の鶴がまるで人間のような存在感を感じさせる絵だった。『LIFE』は二〇〇号の大作で、今も三上高校の玄関ロビーのいちばん目立つ場所に表彰状とともに掲げてあった。

高杉は授業中を除いて、ほとんど教室にいることはなかった。昼休みも放課後も、美術部の部室にこもっているようで、行けば必ず高杉の姿があった。

美術部の部室兼アトリエは、玄関ロビーの真上にあって、二階から三階まで吹き抜けになっている。天井が高く広々としていて、南側には天井まで鉄の窓枠のガラス窓がはまっている。左下に同様のガラスドアがあり、開けるとその先に陽当たりのいい半円形のバルコニーが広がっていた。建物は戦前に造られたどっしりとした洋館建てで、アトリエとするにはこの上なくいい雰囲気だった。

広々とした部屋の三分の一が合板で仕切られ、美術部の部室になっていた。三分の二は、普段は、美術の授業が行われる教室になっているが、放課後はすべて美術部が占領していた。

美術部員は十二名。顧問は大西という美術の先生だった。たまに先生が様子を見に部屋に入ってくるらしいが、火の元にだけは気をつけるようにそれだけ言うとすぐに出ていくらしかった。

油絵具とテレピン油の匂いのするこの部屋の主人は高杉で、絵を描いていることも多いが、部室のベンチに横になっていることもあった。

その日の昼休み、ぼくは母親が作ってくれた弁当を教室で食べると、高杉のいる美術部をたずねた。空も晴れて陽のあたるバルコニーに高杉がいて、安楽椅子に座り一人タバコを喫っていた。バルコニーに煙がのぼっていく。ぼくも椅子を一脚外に持ち出し高杉のとなりに並べてすわった。

「朝から夕方まで、ずっと同じ方向をむいて、有難くもない先公の話を、みんなよーく聞いてられるもんや、そう思うやろ富田」

「そうかもな」

「三角比がどうの、化学式がどうの、そんなこと教えてどうするというのや、教えないといけないことがほかにいっぱいあるというのに」

「おっと、そうや」と、高杉は、思い出したように立ち上がりバルコニーから部室に戻り、すぐにまた分厚い画集を手に戻ってきた。

高杉はぼくの前に画集を広げて話しはじめた。

「ゴーギャンてフランス人の画家を知ってるやろ、この絵や」

画集の見開き二ページ分にまたがる横長の絵を指さした。

「この絵は、ぼくがいまいちばん心酔している絵なんや、タヒチ島で描いた『われわれはどこから来たのか、われわれは何者か、われわれはどこへ行くのか』という題の絵なんや、これや」

ぼくはゴーギャンの名前は知っている、タヒチの女を描いた絵も見たことがある。しかしこの長い題の絵のことは知らなかった。

「人は生まれて、仕事をして、人と出会い、そして別れ、やがて死んでいく、人は何のために生まれてきたのか、なぜ死んでいくのか、そのことを描いた絵なんや、ゴーギャン自身もこの絵を描いたすぐ後に死んでいったらしいのや、ぼくは死ぬまでに、一枚でええからこんな絵を描きたいと、ずっと思っているんや」

高杉の口調はゆっくりとしている。声もか細くて歯切れが悪くてよほどしっかりと聞いていなくては何を言っているのかよくわからない。それでもぼくは「へえーっ」と感心した。ぼくにしてみれば、高杉はもはや高校生ではなかった。

「富田、美術部へ入れよ」

高杉は、ぼくが絵を描くのが好きだということを知っていて、度々ぼくに言う。ぼくはこの頃、高杉の言うように、思いきってバレーボール部をやめて美術部へ転部しようかと、本気できもちがぐらつくことがある。

高杉とはじめて話をしたのは、一年生の秋ごろの美術の授業でのことだ。セーラー服の女生徒がモデルになり、その姿を画用紙に木炭で描いていく。食パンの耳が消しゴム代わりだ。ぼくはイーゼルに画板を立て、遊び半分のきもちで描いていた。

クルクルにちぢれた長髪の生徒がぼくのすぐとなりにいた。イーゼルを立てずに床の上に何枚も新聞紙を敷き、その上に画用紙を三枚並べ、画鋲でとめている。その場を出て行っては戻ってきて、またどこかへ出て行く。なんだコイツ、落ちつきのない妙なヤツだなあと思った。そいつが高杉だったのだ。

すると高杉は、びっくりするようなことをやりはじめた。赤と紺と黒、三種類のポスターカラーを三つのビーカーに大量に入れて、水でドロドロに溶かしている。

「コイツ、頭が変なんじゃないのか」と思って見ていると、

「シェケナ・ベイビーナウ、ツゥイスティン・シャウ…」

鼻唄を歌いながら、もっと妙なことをやりはじめた。床の上に置いた三枚の画用紙の上にポスターカラーの液をドボドボドボとたらしこんでいく。近くにいた何人かの生徒も、その様子を驚いたように見ていた。三つの色のポスターカラーが界を接して広がる。画用紙の上に水たまりのように三つの色が流れ込み、せめぎ合うように色ど

うしが模様を描いていく。すると高杉は、三枚の画用紙を放置したまま、またどこかへ姿をくらました。

しばらくして、今度は細い竹のヘラを手に戻ってきた。それから画用紙の前にしゃがみ、ゴホンゴホンと咳を二度すると、竹のヘラでセーラー服の女生徒の姿を描きはじめた。ナマ乾きのポスターカラーの上に、サッサッサと引っかいた白い線が現れて、角度の異なる三体の女生徒の姿が浮かび上がる。ぼくはとなりにいて、あっけにとられて見ていた。木炭デッサンの授業だというのに、なんなのだこの男は。

びっくり仰天するしかなかった。女生徒の三方向から見た姿が、なめらかな白い線で三枚の画用紙の色面に浮かび上がっているではないか。しかもなんて美しい絵だろうと思った。

ぼくはまだ、女生徒の全体像をおおよそ縁取りしたばかりだというのに。さっさと描き終えると、高杉はビーカーと竹のヘラを手にまたどこかへ姿をくらましてしまった。

美術の大西先生が、生徒の間をゆっくりと見て回っている。そして床に置いたままの高杉の絵を見にきた。絵の前に立ち、じっと見下ろしている。授業で指示された木炭デッサンではない。これはえらいことになるぞと思った。大西先生はしかし怒ることもなく、何事もなかったように平然としていていた。それからぼくの描きかけのデッサンをチラリと見ると、ゆっくりと去っていった。

ぼくは同級生にこんなヤツがいたことに驚いたのと同時に、心の中に説明のつかないざわめきが起きた。高杉ってどんなヤツなんだろうと思った。とてもマネのできない、はるか遠くの存在に思えた。

ぼくはあとで、どうしたらあのようなことができるのか、高杉にそれとなくたずねてみた。すると高杉はすぐにこたえを口にした。

「富田くん、そんなの自分で考えろよ」だった。

どう考えろというのだ、自分の中に考えるとっかかりすら見い出せなかった。

それからまたたずねた、絵を描いている時に歌っていたのは、ビートルズだろ、と。

「そうだったかなあ、覚えてない」と高杉はとぼけていた。ぼくもビートルズに凝っていてレコードをいっぱい持っていると言うと、高杉は、最初のアルバム『プリーズ・プリーズ・ミー』から六枚目の『ラバー・ソウル』まですべて持っている。もう聞き飽きたくらいだと言った。ぼくが持っているレコードといえば『ツイスト・アンド・シャウト』と『ロール・オーヴァー・ベートーヴェン』が入ったドーナツ盤のシングルレコード一枚きりだった。たったそれだけでビートルズに凝っているなどと、よく言えたものだと我ながら思った。

これをきっかけに高杉とぼくはいろいろ話をするようになった。

ぼくが中学二年のときのことを話した。今から三年前だから一九六三年のことだ。夜の十一時頃だった。たまたま聞いていたトランジスター・ラジオの深夜放送から、電話の呼び鈴みたいな聞いたことのない音楽が聴こえてきたのだ。

「イギリスに驚くべき人気の音楽グループが登場したそうです、エレキギターを巧みに演奏しつつ自らコーラスをする、ロカビリーに似た激しいリズムと絶叫する〝キーン（ノイズ）〟が、今、英国の若者たちの心を鷲掴みにしているそうです、とにかくまったく猛烈な人気だそうです。グループの名前が〝キーン（ノイズ）〟というそうなのですが、ラジオをお聞きのみなさんはどう思われますでしょうか、とりあえず放送しますのでお聞きください」

こんな内容のアナウサーの解説だった。

「ジャジャジャーン！」とエレキギターのイントロとともに歌が耳に飛び込んできた。

〝キーン〟（ノイズ）とラジオの雑音混じりの音だった。ボリュームをいっぱいに上げ、トランジスター・ラジオに耳を近づけた。すると突然、甘く刺激的な何かがぼくの心の中に流れ込んできた。つぎにぼくの目の前にあった、檻（おり）の扉のようなものが壊れて、はじけ飛んでいくのを感じた。もっと聞かせてほしいと思ったのだが、その日はそれだけだった。曲名もバンド名もアナウンサーは何といっていたのかノイズにかき消されてわからなかった。

ケネディ大統領がテキサス州ダラスで銃撃され暗殺された。南ベトナム、サイゴンの街頭で、宗教弾圧に抗議して仏教徒が焼身自殺をした。あまりにもショッキングなニュースと平行して、それから毎日、嵐のようにビートルズがラジオから聴こえてきたのだ。

ぼくは親戚の子がビートルズのＬＰを買ったことを知るとすぐに借りてきた。「ア・ハードデイズ・ナイト」や「イエスタデイ」が入っているＬＰレコードだ。家には電蓄があった。古い木製ラジオのスピーカーにつないで音を出すことができた。こんなスゴイ世界があることを、誰でもいいから世間の人みんなに聴いてもらいたくて、スピーカーを二階の窓辺に置き、ボリュームをいっぱいに上げた。

ぼくの家のとなりは風呂屋だった。家の前の道には会社帰りの道を急ぐ人、農作業を終え大八車を引いて帰る人、夕方、人がたくさん家の前を通る。ガラス瓶工場で働く煤で顔をまっ黒にした工員たち、ステテコいっちょうで風呂屋へ飛んで行くオヤジ。小学校の顔見知りの同級生たちがにぎやかに行き交っていた。

「みんな聞け、これを聞いてくれ」

ぼくは電蓄でビートルズを響かせたのだ。

高杉に、そんな話をすると、自分も同じことをしたと言った。窓を開け、ボリュームいっぱいに上げてビートルズを外に響かせたという。

「オール・マイ・ラビング」、「チケッツー・ライド」など、単純なラブソングに思えるが、訳詞を読めば何やら難しいことを歌っている。それはともかく歌声とギターの音色に、ぼくは心がビリビリ突き動かされてしまうのだった。

トランジスター・ラジオではじめて聞いた日から、三年が経つ。今やビートルズを知らないものはいなくなった。

今年の正月に、ビートルズの映画『ＨＥＬＰ』が日本にやってきた。ぼくと高杉、弓削と吉田の四人で『ＨＥＬＰ』を見に行った。朝早くから千日前の映画館の前に列ができていた。館内は超満員。『HELP』のみ一日に四回上映される。一回目は立ち見だった。セリフはほとんどなく、これといったストーリーもない。曲と曲の間にビートルズ四人がファンに追いかけられ、イギリスの街中やスキー場、いろんな所を逃げ回る、それだけの映画だった。ジョン・レノンやポール・マッカートニーの生の声がたまに流れると、前の席に陣取っていた女の子たちの喚声が湧き上がる。映画だというのにスクリーンに「キャー」と叫び声が響き「ジョン」「ポール」の名が連呼される。館内は非常事態。空気圧が回を増すごとにどんどん上昇していった。

弓削と吉田は午前中の二回を見て、きもちが悪くなったと帰ってしまった。ぼくと高杉は残って四回見た。腹ペコと熱気とタバコの煙と酸欠で映画館を出てきた時には頭がボーとして目がかすんだ。

雨の日には、バレーボール部の練習は校舎の廊下で自主練を行う。短いダッシュを繰りかえしたり、連続ジャンプやカエル跳びで校舎の廊下を往復したり、監督もコーチもいない選手だけで行うしまらない練習だった。

ぼくは自主練を脱け出し美術部の部室へ行くと、高杉がベニヤ板を二枚張り合わせた大きなカンバスに絵を描いていた。高杉は、絵に入り込んでいて、ぼくが部室に入ってきたことなど気がついていない。シーンと静かな部室にカサカサ高杉の筆の音だけがしていた。

夕暮れの寂しい村の情景だ。石畳の舗道に、野菜をいっぱい載せた荷車が描かれている。木造の朽ちかけたような古い荷車。その荷台に積まれたたくさんの野菜。赤く熟したトマト、葉のついたダイコン、玉ネギ、泥のついたジャガイモ、ニンジンなどひとつひとつ誇張して描かれ、命がきらめいているように感じさせる。

今年、春の全国高校美術展の出展作品だと高杉は言う。

「今年も、これで行けるねえ、秋春連覇や」

ぼくは高杉に話しかけた。

「高校野球とはちがうよ」

高杉は筆を止めずそんなふうにこたえる。

「ビートルズが日本に来るけど、どうする」

ぼくがそう言うと、

「気が散る」

高杉はむっとしてこちらを振り向いた。

ぼくが美術部の部屋を出ていこうとすると、

「ぼくは行くよ、ぜったいに」

高杉はぼくを呼び止めるように声をかけてきた。

ビートルズ来日のニュースは、すでに新聞で発表されていて公演の日時や場所も決まっていた。

もしもほんとうにビートルズが日本に来ることになったら、日本国中がとんでもなく大騒ぎになるだろうと想像していた。ところがそれほどの騒ぎにはならなかった。クラスでもおおかた知ってはいたけれど、騒いでいたのはぼくと高杉くらいで、とりわけ気分を高揚させていたのは高杉だった。

その翌週の月曜日だった。その朝、校内でちょっとした騒ぎが起きた。美術部の部屋の、バルコニーに面した大きなガラス窓の内側に、高さ四メートル、幅七メートルもある巨大なポスターが貼り出されていたのだ。本館の玄関口から見上げると、その巨大さがわかる。こんなことできるヤツはアイツしかいなかった。高杉だ。テレビ画面がポスターいっぱいに描かれ、テレビ画面の中にはカラフルな文字が並んでいる。

ビートルズを
見に行かない奴は
アホである

一文字ずつ色を違え、極彩色の文字が描かれている。ポスターの左下の角には、画面から飛び出してきたビートルズの四人らしい姿がある。外側から見上げると、ガラス窓一面にサイケデリックな色の文字が踊っている。挑戦的なポスター。夕方、美術部の部室に明かりが灯ると、ステンドグラスのように美しく輝いていた。

昼休みに、ぼくは美術部の部室で高杉と会った。

「きっと誰かがイチャモンをつけてくるぞ」

ぼくが高杉に言うと、

「挑発や」と、高杉が言った。「挑発、わかる?」

「ようわからんけど」とこたえると、

「挑発してるんやから、イチャモンをつけてきてほしいのや、誰かがこれはアカン、と言ってくるのを、けしかけているのやから」

高杉はそうこたえて、フンと笑った。

なんのことやら、意味がよくわからなかった。

しかし、高杉の予想通りのことが起きた。その週の土曜日の午後に、高杉のところへ挑発に乗せられた使者がやってきた。なんと美術部顧問の大西先生だった。

「あのポスター、すべて外せ」

顔を曇らせて、いきなり高杉にそう言い放ったという。

「どうかしたんですか」高杉は大西先生にたずねた。

「学校の教室の窓は、個人的意見を発表する場ではない」

「先生は、ほんとうにそうお思いですか」

「そう考えているから、そう言っている」

「大西先生のお考えだとはとても思えません」

「いいや、ぼくの考えや」

「そんなことを言うわけがありません」

高杉はだんだん腹立たしくなってきてそう応じた。

「いいや、ぼくはそういう人間なんや」

「先生、ぼくが美術部に入ったときにおっしゃってましたよねえ、創造するって反逆するってことで、美術も詩や音楽も同じで、反逆にならないものは表現ではないんだって」

大西先生はだんだん顔が紅潮してきて、指先が小きざみにふるえていて、額に汗をいっぱい浮かべていたという。

この学校で「いちばん感性の豊かな教師は大西先生や」と、高杉は、ぼくにそう話したことがある。学校側の誰か、物事をあまり深く考えた事のない上司に命令されてやむを得ずやってきたのだ。大西先生もかわいそうな被害者なのだ。

美術室の窓の巨大ポスターは一週間後に高杉と美術部員がすべて撤去した。

「オレは決めた、ゼッタイにビートルズを見に行くけど、富田、オマエどうする」

高杉は教室でぼくに話しかけてきた。ぼくは何もこたえることができなかった。ビートルズも東京も、ぼくにとっては宇宙へ行くのと同じくらいに遠い出来事に思えたからだ。

ビートルズ東京公演、バレーボール部のレギュラー問題、それにぼくの目の奥に居座り、翻弄しつづける得体の知れない魔物のような存在。高二になって、ぼくの周辺に胸をかき乱す悩ましい事態が集中してやってきたのだ。

ビートルズ東京公演の入場券購入の方法が新聞に発表された。まったく雲をつかむような面倒なやり方だった。まずチケット引換え券を入手する。往復ハガキで申し込んで抽選で当てる。そのチケット引換え券を持って、百貨店の窓口で入場券を購入するというのだ。

ぼくと高杉は知恵をしぼり、とにかく応募ハガキを何枚も出して、チケット引換え券を入手するしか方法がないということになった。バレーボール部員の一、二年生全員の名簿十五人分と、引退した三年生の六人分、美術部員七人、計二十八人の名簿を本人の了解なしに借用して、往復ハガキに名前と住所を書いて申し込んだ。

高杉が俄然その気になっているのがわかった。美術部の部屋を仕切ってあるボードに、ビートルズの雑誌記事の切り抜きや、武道館周辺の地図を書いた紙を押しピンでベタベタ貼り付けていった。さらに部室の壁面には新たなポスターが貼ってあった。横長の大きな用紙に、ビートルズの四人が描かれている。ポール・マッカートニーとリンゴ・スターの二人がヘルメットをかぶりジョン・レノンとジョージ・ハリスンが

『反戦』と白い文字の入った赤い旗を掲げている。これだけでも美術展に出品すれば入賞できるのではと思えるほどカッコいいポスターだった。

『荷車』の絵はとっくに書き上がって、春の全国高校美術展への出展も決定していて、ビートルズのポスターと向かい合わせの部室の壁の最も高い位置に掲げてあった。

「富田、ビートルズ行くぞ」

高杉が、ぼくにガッツポーズをしてみせた。

「オッケイ！」

ぼくも両手を握りしめて応えた。

「ゼッタイやぞ」

高杉はぼくの顔を両手で挟んで額にキスをしてきた。ぼくはこういうのは嫌いなのだ。でも高杉はこんなきしょくの悪いと思えることでもためらいなく出来るヤツだった。

ぼくが美術部へ行くのは高杉に会うためだったが、ひとには言えないもう一つの理由があった。松本留美という美術部員に接近したいためだった。同学年だがクラスが違うから美術部でしか顔を見ることはない。手足が長く、いつもセーラー服の上に画学生が着る黒いマントを羽織っている。丸テーブルの上のカゴに入れたリンゴやブドウ、洋梨など、サンプルの静物画を描いていた。描いている絵は凡庸でつまらなかったが、絵を描いている松本留美の姿が絵になっていた。首を振るたびにロングヘアーが揺れて口もとにかかる。見開いた大きな目が、どきりとするほど心を揺さぶるのだった。

「富田君、ビートルズへ行くの」

ふり向くとすぐ側に松本留美が立っていた。思いもしていなかったことなので、驚きあわてててしまい、顔が赤らんでいくのがわかった。

「ビートルズ、知らんで」

ぼくはついそっけない返事をして、横を向いてしまった。

「そう、うふふ」

彼女は大人びた笑みを浮かべ、部屋の隅のイーゼルに乗せてある描きかけのカンバスの方へ戻って行った。

「ああ、またやっちまった」とすぐに後悔した。肝心なとき、いつもぼくは不始末なことをやってしまう。「ビートルズ、知らんで」などと、心にもないことをどうして口走ってしまったのだ。

彼女は、ぼくに興味があって声をかけてきたのではない。ぼくと高杉がビートルズ東京公演へ行くというウワサを聞いて、そちらに興味があってたずねてきただけなのだ。

だったらビートルズ東京公演のチケット購入の難儀さや、それからぼくの好きなビートルズの曲のことなんか、いくらでも話すことができたのに。

たとえば『ノー・ウェア・マン（ひとりぼっちのあいつ）』のことだ。あの曲にはなぜか心を引かれる。訳詞を読めば、もしかしたら「ノー・ウェア・マン」はぼく自身のことではないだろうかと思えてくる。そんな話もできたのだ。松本留美がどう思うかわからないけれど、少しはぼくに興味をもってくれたかもしれないのだ。

あいつはほんとうのノー・ウェア・マン
だれにも知られず
だれの役にもたてず過ごしている
行く先がわからず

どこへ向かっているのかさえわからない
まるでキミはぼくみたいだね

ノー・ウェア・マン
よく聞いてほしい
キミは大事なことを見落としているんだ
きっとキミの思い通りになっていくんだってことを

行きあたりばったりで
見落としばかりしている
ノー・ウェア・マン
ぼくのことがわかるかい

あせる事なんてないのさ
自分のペースでいいのさ

困ったら誰かに
手を貸してもらえばいい
行く先がわからず
どこへ向かっているのかさえ見えない
だってキミはぼくなんだ
必要とされるただ一人の人間
ノー・ウェア・マンなのだから

ノー・ウェア・マン
よく聞いてほしい
キミは大事なことを見落としている
きっとキミの思い通りになっていくんだってことを

キミはノー・ウェア・マン
だれにも知られず

だれの役にもたてず過ごしている

イギリスの詩人、ウイリアム・ブレイクの詩を思わせる。でもジョン・レノンの作詞なのだ。自分は、誰からも必要とされる人間ではないなどと考えるのはまちがっている。「キミは大事なことを忘れている、キミの思い通りになっていくんだ」キミはぼくなんだ。必要とされるただ一人の人間ノー・ウェア・マンなのだから、と歌っている。

『ア・ハード・デイズ・ナイト』なんて、もっとすごいのだ。

今夜はめっちゃしんどかった
犬みたいに働きづめやったし
しんどい一日の夜
丸太みたいに眠りたいのや

みんなキミのためなんや
稼いだ金でキミの好きなもん
なんでも買ってやることができるんや
キミと二人でいるときほど
素敵な時間は考えられない

今夜はホンマにしんどかった
犬みたいに働きづめで
丸太みたいに眠りたいのや
ぼくはキミの笑顔が見たいんや
ワオー！　ホンマやで
ホンマにホンマやで

この曲もジョン・レノンが作った曲だ。ビートルズはイギリスのリバプールという町に生まれた。しかし歌っている言葉は、日本にいるぼく自身のことを歌っているようにも聞こえる。心の奥に押し殺しているぼくらの叫びたいことを、代わりに叫んでくれているように聞こえてくる。しかも聞いたこともないかっこいいリズムと曲に乗せて。

松本留美の気をひくためなら、ビートルズのことならいくらでも話すことができるのに。どうしてぼくは、いつもこうなってしまうのだ。素っ気ない態度で、素直に向き合うことができない。わかってはいるのだが、ぼくの頭の中のネジがどこか一本ぬけているのではないかと、いつも後悔ばかりするのだ。

ぼくは高杉に会うふりをして、折りあらば松本留美に接近できる機会をうかがっていたのだ。不意に松本留美の方から声をかけられて、胸がズキンとした。きもちがぐらついて、つい心とはウラハラな態度になってしまった。恐らく松本留美とは、これきりになってしまうような気がした。

「さようなら松本留美」

今のぼくではムリなのだ。思い悩むことが多すぎて、彼女につき合ってほしいなどとても言えない。今なら心の痛みも薄く、あっさりとはいかないが、なんとか忘れることはできる。

それから二週間ほどして、ビートルズ東京公演の応募ハガキの結果が返送されてきた。往復ハガキ二十八枚のうち、なんと三枚が抽選で当たっていたのだ。

後で知ることになったのだが、ビートルズの公演は六月三十日と七月一日と二日の三日間に計五回行われる。合計三万人の入場者に対し、二十二万八千六百通の応募があったとか。

その内の当選通知ハガキが三枚送られてきたのだ。驚くべき確率。引退した三年生のバレーボール部員二人のところへと、もう一枚は美術部員で一年生の絹田さんという女生徒のところへ当選の返信ハガキが戻ってきた。

二人の三年の先輩はめんくらった。自分たちが申し込んだわけではないのに、ビートルズ東京公演のチケット引換え券が唐突に送られてきたのだ。しかしすぐにぼくの仕業だと察しがついたらしい。富田ならやりかねないと直感したという。

豊田という三年の先輩が、昼休みに部室にいたぼくを訪ねてきて「コレ、お前やろ」と苦々しげに二枚の当選ハガキを差し出した。

返信ハガキの宛名の文字はぼくの字だ。「ビートルズ東京公演鑑賞チケット引換え券」の丸い判と、公演日の六月三十日と場所武道館などの文字が印刷されている。

「勝手に人の名前使いやがって、なめてんのか」

豊田先輩は怒っていた。

「なめてません、いろいろ訳がありまして」と、ぼくは豊田先輩にこと細かに説明して何度も詫びた。

「ふん、言うとくけどな、オレはビートルズなんか鼻くそ以下や、興味ゼロや、富田、おまえはビートルズやなくて、ビールスにアタマ侵されてるのや、目を覚ませ、ボケ」

豊田先輩は、遊び好きのほかの三年生とはちがい、一人だけ生まじめで融通のきかない人だった。言いたい放題、吐き捨てるように言うと二枚の当選ハガキをぼくに投げてよこし部室を出て行った。

「ボケでけっこうや」

ぼくは二枚のハガキを手に飛ぶように美術部の部室へ駆け込んだ。高杉は窓際の長椅子に寝転んでぼくが来るのを待ち受けている様子だった。

「ホワイ　シー　ハーツー　ゴー　アイドンノー　シー　ウヅン　セイ」

鼻歌を歌いながら、高杉はすでに別のハガキを一枚うれしそうに手に持っていて、ぼくに、これを見ろと指で挟んでゆらしている。絹田しおんという一年生の女性部員は、高杉先輩の悪ふざけにちがいないと部室に持参してきたというのだ。

高杉が窓に貼った大きなポスターのことを、絹田さんももちろんよく知っている。『ビートルズを　見に行かない奴は　アホである』を、高杉がいっきに描いたのだが、ポスターカラーの色の調合を絹田さんが手伝っていたのだ。

「わたし、あのポスターづくり、たのしかったし、高杉先輩めちゃカッコよかったですもの、それに『ビートルズを見に行かない奴はアホである』なんてスゴイこと書いて、自分が行けなかったら高杉先輩はめちゃめちゃアホですもんね」

絹田さんは「ハイ」と返信ハガキを高杉に手渡したという。

「わたし、高杉先輩のこと尊敬してますし、大好きですもの」

絹田しおんは、そう言ったそうだ。キモチ悪いとウワサされることはあっても、女性から好きだなんて言われたのははじめてだと、高杉はうれしそうだった。

それはともかく三枚のチケット購入引換えハガキを、ぼくと高杉は手に入れたのだ。

そのあと、吉田が食堂にいるのがわかると、ぼくは知らせに食堂へ走った。吉田は天ぷらうどんとカレーライスを食べていた。ぼくが三枚の当選ハガキの話をすると「ウッソー」と、驚いて急に咳き込んだ。それからしばらく当選ハガキを一枚手にとってまじまじと見ていたのだが、

「行きたいけどオレは行かない」

吉田はぼくにハガキを押し返してきたのだ。

「えっ、なんでや」

ぼくはもっと驚いてしまった。吉田ならきっとのってくるだろうと思っていた。

「退学になってもしらんぞ」

吉田は思いもしないことを口にした。

「退学？」

ぼくはムッとなってしまった。

「わかってないなあ、オマエだいじょうぶか、富田、チケットが手に入ったかて、東京へ行くんやぞ、学校休んで、もっと全体の空気を読めよ」

ぼくは吉田のその言い方が頭にきた。何が空気を読めだ。全体の空気を読まないといけないのは吉田の方だろうと思った。

「富田、それにバレー部のことも考えてくれよ、もうじきインターハイの予選や、こっちのことはどないする気や」

吉田は落ちつきはらった態度で、ぼくを諭すように言う。

「チェッ、退学にでも何にでもしたらええやん」

ぼくは吉田の態度が腹立たしかった。

「高杉とオマエ、もう学校から目をつけられてるからな」

吉田の天ぷらうどんの鉢を持つ手がふるえていた。

「それがどないしたんや、何もわかってないのは吉田やろ」

「ちがう、富田、頭を冷やせ」

「オレはめちゃ冷静や」

「『ビートルズを　見に行かない奴は　アホである』ってあのポスター、浮かれすぎやて、新聞にまで出て問題になってるやないか」

「何が問題やねん、その通りやないか、アホやんけ」

吉田とぼくの押し問答はだんだん声が大きくなり、食堂中にこだました。白衣を着た食堂の管理人のおやじさんが、静めようとぼくと吉田のやり取りを聞いて近くによってきた。周囲にいた生徒たちも食べる手をとめて見守っていた。

ぼくはやけっぱちの気分だった。吉田とはこれまでだと思った。退学だなんてどうして言えるのだ。吉田だって、ギターでビートルズの曲を弾いてるじゃないか。ビートルズを見に行くことが犯罪だったら東京公演もレコードの販売も中止にすればいいではないか。ぼくのことなら退学にでも死刑にでもなんとでもすればいいのだ。

吉田が拒否をしたので、チケット購入引換え券は一枚が宙に浮いてしまった。最悪は高杉と二人で行けばいいと思っていたが、捨てるわけにはいかないし困ってしまった。

きっと行かないだろうと思ったが弓削にたずねてみた。「このハガキは千人に一人、いや二十万人に一人の倍率の貴重なものや」と当てずっぽうに強調した。「けどオレはやめとく、ほかの誰かにやってくれ」と、弓削はしばらく考えてから、申し訳なさそうにことわった。

ほんとうに困ったのは、チケット購入引換え券が当たったそれからのことだった。入場料C席一、五〇〇円。大阪、東京間の新幹線往復費や食費などを足すと、費用はおよそ七、〇〇〇円。六月三十日の木曜日まであとひと月。そのお金をどうやって工面すればいいのかまったくアテがなかった。

そのことと並行して、六月に入りバレーボールの練習が厳しさを増した。今年、夏のインターハイ高校総体は青森県で開かれる。その大阪府予選大会が七月の後半から始まる。大阪府の代表としてインターハイに出場できるのは予選優勝、準優勝の二校と、高体連が推薦する一校のみだ。

インターハイ出場をめざして、やれるだけのことはすべてやろう、槇原監督は本気だった。「マッキー」などとあだ名で呼ぶものはいなくなっていた。監督はたとえ敗戦したとしても、後悔だけはしないようにしようと部員たちを鼓舞した。

六月の最初の練習日、前日に降った雨がコートの土を湿らせていた。いつにも増して槇原監督の表情がこわばって近寄りがたい様子だった。

練習を始める前に、監督が部員全員をコートに二列に並ばせ、土の上に正座させた。ぼくも正座した。雨に濡れて冷たい土の感触が足にしみてきた。いつもは三時三十分に練習を開始する。今日は部員たちの集合がまちまちで、練習開始時間が十五分ほど遅くなってしまった。そのことが監督とコーチを怒らせたのだ。

「毎日だらだら適当に集合して、だらだら適当に練習して、だらだら試合をする、そんなんでええのか吉田、どうや」

槇原監督は吉田の前で立ち止まり、仁王立ちして見下ろしている。

「吉田、返事は」監督の怒鳴る声だった。

「ハイ」と、吉田が大きな声で返事した。

「ハイ」と返事するのが三上高校バレー部の伝統になっている。監督やコーチの言うことは絶対で、たとえ「黒」だとわかっていても、監督コーチが「白」だと言えば「白」として従わなければならない。これが部則になっている。

「何がハイや、そのハイはどういう意味のハイや、言ってみろ吉田」

槇原監督の怒りが伝わってきた。

「やる気があるということです」と吉田。

「やる気があるのにこのざまはなんや」

「ハイ」と吉田が返事したと同時に、槇原監督のビンタが吉田の顔面に飛んだ。

ぼくはちらりと目を向けると、槇原監督の顔が青ざめていた。ビンタも初めて見たが、こんな監督の真剣な表情を見たのは初めてだった。これは本気だと思った。いつも怒られ役は吉田だった。弓削も、島袋も、ぼくもじっと身動きできずにうつむき土のコートに正座していた。

いつの間にやって来たのか、引退した三年生の先輩たち六名がコートサイドにいて、この状況を神妙な顔で見守っていた。軟派な先輩たちが生まじめな顔でこちらに無言のおどしをかけている。

ビートルズのチケットの一件を、豊田先輩がまさか槇原監督にちくったのではと気がかりになった。しかしそうではなさそうだ。もしチケット購入の引換えハガキの一件が監督に伝わっていたのなら、ビンタをくらうのは吉田ではなくこのぼくのはずだ。

正座させられたまま時間が過ぎて、ぼくの両足のしびれが頂点まできて、がまんできずに少しだけ腰を浮かせた。すると今までじっと吉田の前に立っていた監督がゆっくり近づいてきて、ぼくの前で立ち止まった。

「足痛いか、がまんできんか、そんな根性やからレギュラーになれんのやぞ、富田」

槇原監督の低い声がした。

「ハイ」とぼくはこたえた。怒られ役の二番手はぼくだった。なぜかぼくへのビンタはなかったが「レギュラーにはなれんぞ」は、ぼくにとってビンタよりもキツイ痛みがあった。

その日、選手は練習に集中した。弓削のスパイクが力強さを増した。吉田のトスも正確で多彩だった。監督の気合がチーム全員を奮い立たせたのだ。

それから連日、練習はいつも通りの時間に始まり、集中した練習が続いた。ぼくはスパイク練習の間ずっとコートの中にいて、飛んでくるボールをレシーブした。弓削が打つ強烈なスパイクを真正面で受ける。回転レシーブと、遠くのボールには横飛びでひろい上げる。ネット際に落ちるボールはスライディング・レシーブ。トレーニングシャツは土にまみれ。胸のあたりはすり切れてぼろぼろになっていた。集中すれば時間はあっという間に過ぎて、練習自体も引き締まって感じられた。

そして二週間が過ぎたその日、練習の前に全員部室に整列させられた。いよいよインターハイ予選のメンバーが発表される。監督は事もなげに早口でメモを読み上げた。

「……以上」。ぼくはレギュラーから外れていた。すなわち補欠。

キャプテンセッター吉田。前衛レフト弓削、後衛ライト島袋。島袋は弓削の対角を打つセカンドエースだが弓削ほどの破壊力はない。弓削は一本のスパイクで、試合の流れを変えることができる絶対的エースだ。弓削のいない三上高校バレーボール部などありえなかった。

「ああ神様、何ということを」

その弓削が、メンバー発表があった翌々日、六月十七日の朝、生命の危機に陥ったのだ。

弓削の家は学校から南西へ約八キロ。国道二十五号線を越え、太田飛行場の手前の村の中にある。家はもともと農家だったが、今は田畑を人手に売り渡し、弓削の父親は大阪市平野区の区役所職員をしていた。弓削はその家の三男坊になる。

毎朝、弓削は自転車で、決まった時間に、途中ぼくの家に立ち寄り、ぼくと待ち合わせて学校へ向かう。

その日、ぼくは家の玄関先で自転車にまたがり、いつものように弓削がやって来るのを待っていた。いくら待ってもいっこうに弓削はやって来なかった。どうしたのかと弓削の家に電話をすると、家の人ではない誰か、弓削の兄嫁だろうか、女の人が電話口に出てきた。ぼくは弓削の友人ですと名前を告げると、聞いたことがある名前だと言って話しはじめた。

「敏雄くんは、今日は学校へ行けなくなりまして」

「どうしてですか」

とたずねると、弓削敏雄がつい先ほど事故に遭って病院に運ばれたというのだ。国道二十五号線沿いにある市民病院。いま緊急手術のまっ最中なのだという。

ぼくは学校へ電話で伝えると、すでに警察からも弓削の家からも連絡が入っていて、担任の井上先生とバレーボール部顧問の槇原先生が病院へ向かっているところだと知らせてくれた。

ぼくはすぐに市民病院へ自転車を走らせた。二十五号線に入る手前の道に大型トラックが一台停車していた。トラックの前にパトカーが二台、赤色灯を回転させたまま止まっていて、まわりを大勢の警察官がとり囲むように調べている。そのトラックから二十五号線交差点までの約五十メートルにロープが張られ、二車線の片側が封鎖されていた。

病院の玄関脇の駐車場に、救急車とパトカー二台が停まっていた。

弓削の母親と長男の兄さんが手術室の手前の待合室にいた。母親の顔色が蒼白で唇の色がなかった。「はぁー」とぼくの顔を見るなり、なんともいえない深い嘆きの息を漏らすと、崩れるようにベンチに腰を下ろし、うつむいて手を合わせていた。兄さんとは以前にも何度か会っていて顔見知りだったが、なんと声をかければいいのかわからなかった。

ぼくが病院に着いたのと同時くらいに、担任の井上先生と槇原監督がタクシーで病院に駆けつけてきた。白衣を着た若い医師をはさんで、弓削の兄さんと警察官と井上先生たちが待合室の前で立ち話をしていた。

左大腿骨骨折、左鎖骨骨折、腹部打撲。大量の輸血が行われ、今の容態では、どうなるかわからないかなりの重傷だと聞かされた。弓削はB型。ぼくはA型だから輸血には応じられないが、B型の生徒ならば学校からかき集めて連れてくるつもりでいた。

弓削は今朝、いつもの時間に家を出て自転車を走らせていた。二十五号線は大阪市内から奈良方面へ、東西にのびる幹線道路だ。弓削は、その交差点を横断し直進する。その直後に、左折してきた大型トラックの左後輪に弓削の自転車が巻き込まれ、二十メートル引きずられて停車したのだ。自転車はぐにゃぐにゃに折れ曲がって壊れ、左大腿骨骨折はその自転車に挟まれて起きたのだという。さらにトラック運転手が異変に気づいて急ブレーキをかけた時に、壊れた自転車といっしょに弓削のからだが道路に放り出され、何回転かして歩道の縁石にぶつかった。腹部打撲と鎖骨骨折はこの時のものだ。

事故を起こした大型トラックの運転手は、今も現場にいて警察官に事情を聞かれているらしかった。

弓削の手術は十二時間以上かかるだろうと聞かされた。ぼくは井上先生から午後からの授業に出るように言われた。やむなく一旦家に帰り、昼ごはんを食べてから、学校へ自転車を走らせた。牛乳を一本飲んだけれど、ほかに何も食べる気がしなかった。

クラスではほとんどの者が弓削のことを知っていた。何人かがぼくに弓削の状態を聞きにきたが、ぼくは声が出なくてこたえられなかった。

「死なないでほしい」ぼくの頭の中は不安と胸騒ぎでいっぱいだった。

放課後バレーボール部の練習が普段通り始まった。槇原監督も学校には戻ってきていたがコートには出てこなかった。小野田コーチが練習を始めたがすぐに中止になった。ぼくだけでなく吉田も部員全員の心が萎えていた。バレーボールコートのとなりにはテニス部のコートがあるが、テニス部員たちも弓削が事故にあったことを知っていて、今日は練習を中止して全員引き上げて行った。

午後五時前に、ぼくと吉田の二人で市民病院へ向かった。

弓削の手術はまだ続いていた。担任の井上先生と槇原監督は学校へ戻り、入れかわるように教頭と保健体育の内山という女性の先生が来ていた。明朝、校長が病院に来ると聞かされた。

弓削の深刻な状況はつづいていた。弓削の母親は、手術室の手前の待合室のベンチに座り、小さく身を屈め、顔の前で手を合わせ、今朝、ぼくが会った時と同じ姿勢でいた。母親は朝から何も食べていないらしく、青ざめ、髪も乱れ、明らかに消耗の激しいことが見てとれた。弓削の兄さんは家に帰り、入れ代わるように弓削の父親が母親のとなりに座っていたのでぼくは挨拶だけをした。

なすすべがなかった。ぼくと吉田は病院の前のお好み焼屋で、お好み焼と焼きそばを食べて家に帰った。先月、ぼくと吉田は、学校の食堂でビートルズ東京公演のチケットのことで口論をした。そのことがまだあとを引いていて、ぼくと吉田は、ほとんど話すこともなく黙ってお好み焼を食べた。

弓削の手術は日を跨いで次の日の明け方、二十三時間かけてようやく終了した。内出血を止める開腹手術が先に行われ、引きつづき大腿骨と鎖骨の複雑骨折の手術が同時に行われた。市民病院総出の大手術だった。手が尽くされ、命を取りとめることができた。それでも予断を許さない状況はつづいている。弓削は特別治療室に移され面会謝絶となった。教頭先生だけがそのまま明け方まで病院に残っていた。

ぼくは翌朝、再び病院へ向かった。弓削の母親が一人、待合室のベンチで毛布にくるまり横になっていた。特別治療室の弓削は、面会謝絶のままだった。ナース室の前の廊下からガラス窓の向こうに弓削が横たわっているベッドが見える。カーテンが半分閉じられているが、点滴の管と、電気のコードが何本も白い布で覆われた弓削のからだから伸びているのがわかる。

術後五日目。腹部の手術経過が良好であることがわかった。脈拍も血圧もようやく安定してきて、合併症も避けられようやく危機を脱しはじめているということだった。

弓削の母親はナース室のとなりの廊下のベンチに場所を移していたが、祈りの姿勢は変わらずつづけていた。まだ面会は許されていなかったが、母親は一度も家に帰ることなくずっと病院の弓削のそばにいた。やつれて急激に年老いたように見えた。

「富田くん、ほんまにおおきになあ」

母親はぼくの手を強く握りしめた。しかしまだ面会謝絶。ぼくも弓削に話しかけたかったができなかった。

弓削の不意の事故は、思いもしない予定変更をぼくにもたらした。インターハイ大阪府予選のレギュラーにぼくが補欠から上げられた。槇原監督の指示だったが、レギュラーになることにあれほど憧れていたのに、ぼくはなぜかそれほどよろこぶことができなかった。

そして今日からいきなり実戦練習が始まった。弓削抜きの急場しのぎのフォーメーションが組まれ、ぼくが前衛のセンターに入りセッターとなる。セッターの吉田が弓削のエースポジションに入る。吉田は中学時代にアタッカーをやっていて経験がある。ふだんの練習でも、セッターとアタッカーの両方をやっているからやれないことはなかった。しかしぼくに今から正セッターをやれといわれても、複雑なシステムに慣れるまでには相当に時間が必要だった。ほんとうにセッターができるのだろうか不安でいっぱいだった。

弓削のいない実戦練習は悲惨だった。一年生がサーブを打つ。パス、トス、スパイク。たったこれだけなのにどこかでミスが起きた。アタッカーは吉田と島袋、ほかにもう一人星島というセンター・アタッカー。ローテーションに合わせて、六つの攻撃パターンがあり、合計三十六通りのトス回しが要求される。なかなか覚えることができなかった。ぼくは、槇原監督とコーチの小野寺から一球ごとにトスの位置と高さとスピードの違いを指摘され「富田、なん回も同じこと言わすな」「アホ」「ボケ」とさんざん怒鳴りつけられた。

吉田の困惑はぼく以上だった。スパイクをネットに掛けたり、リキみ過ぎてコートの外に大きくふかしたり、イメージ通りに打てなくてイライラしているのがわかった。吉田はどうしても弓削と比較されてしまう。キャプテンでありエース弓削の代役と見なされることに吉田はだんだん追い込まれていった。大阪大会ベスト四を公言していた槇原監督もしだいに言葉を失いつつあった。

思いもかけずやることになった三上高校正セッターというポジション。その想像以上の難しさ。ぼくの脳ミソは破裂寸前までにパンパンにふくれあがっていた。

ビートルズ東京公演へは、ぼくと高杉と二人で行くことにした。チケット購入の引換え期間が、あと七日後に迫っていた。資金作りが難航した。ぼくの家は母親と祖母、ぼくの妹の四人家族。父はぼくが中学に上がる前に、脳に癌ができる病気で死んでいた。母親は市の保健所に勤めていて、母親一人の安月給に家族全員がぶら下がっている。その母親に、東京へビートルズを見に行くからお金がほしいなどとはとても言い出せなかった。

母親の甥で、大阪市内でメガネ店をやっている羽振りのいい人がいる。ぼくとは、いとこにあたるのだが年齢はかなり離れている。母とは親しくて、以前よくうちの家に訪ねてきて、パリやロンドンへ商品の仕入れに行った話や、イタリアのミラノで買った高級バッグや服の話を自慢げにしていたものだ。あの人なら洋楽にも理解があるはずだ。きっとわかってくれるにちがいないと母親の甥のメガネ店へ行ってみることにしたのだ。

「あんなもん音楽やないで、鉄屑屋のクズ置き場みたいなもんで、ギャンギャンうるさいだけや」

などと母親の甥のメガネ店店主はビートルズをいきなりボロカスにこき下ろしたのだ。あてが外れてぼくはすぐに引きあげればよかったのだが、もたもたしていたので追い打ちをかけるようにこんなことを言われた。

「喜一ちゃんも、オペラとかクラシックとか、もっと上等なもん見に行かなアカンで、ビートルズてなヤンチャもんはアカンわ」ときた。

挙げ句にこうだ。

「だいたいあいつらは武道館という場所がどういうものか皆目わかってない、あそこは日本の国技を行う神聖な場所なんや、あんなチャラチャラした毛唐どもに穢されるわけにはいかんやろ」

母親の甥は、こんなよくわからないことを言ったのだ。ここへ来るのではなかったと後悔した。母親の甥は話のわかる人だなどと誤解をしていたのだ。帰りの電車の中で、腹立たしくてくやしくて涙が出た。あのオヤジはビートルズのことなど何ひとつわかっていない。わかる人など、ぼくの周辺にはいないのだと心細いきもちに押しつぶされそうになった。

高杉が言っていた通りだ。世の中なんて、おおよそあのメガネ店のオヤジみたいに古くさくて閉鎖的な情感に縛られていて、ぼくらの出口は八方ふさがれているのかもしれない。

母親の姉で親しくしている伯母にも電話してみた。伯母は、そもそもビートルズを知らなかった。いくら親しくてもお金の貸し借りは別ものだとお説教されてしまった。結局、親戚関係は空しく全滅だった。

ギブ・アップ寸前のところへ、高杉の母親が「ええよ」と言ってくれたのだ。ビートルズ東京公演へ行くお金を、全額貸してくれるというのだ。ぼくは驚いてしまって、高杉の母親の顔を見つめたままつぎの言葉が出てこなかった。

高杉の母親は、布施の俊徳道で眼科の開業医をしていた。もともと高杉の父親がこの医院をやっていたのだが、父親は高杉が小学生の頃に脳溢血で急死し、その後を母親が引き継いでいたのだ。近くに私立の総合大学があり、大学の指定医にもなっていて金銭的にゆとりがあるのだと思った。

いったいどうなっているのだ、はじめて高杉眼科医院を訪れて、まったく初対面の母親に事情を話すと、あっさり一件落着。こんなことなら最初に相談すべきだったのでは。地獄で女神に会ったようで、その上に女神さまは「出世払いでええよ」と微笑んでくれたのだ。ぼくは高杉に感謝した。事前に高杉が母親に、かわいそうな子がいるんだと、ぼくのことを話していたにちがいないのだ。

さっそく高杉とぼくは、お金をポケットに難波の髙島屋へ行き、ビートルズ東京公演のチケットを購入できた。もうひとつうれしかったのは、余ったもう一枚のチケット購入引換え券を半額の値段で引き取ってもらえたことだった。半額の七五〇円は、二等分して東京行きの新幹線代にあてることにした。

とんとん拍子に運ぶ事もあった。しかしこの頃、ぼくの頭の奥に岩石のように居座る魔物が、いちだんと活発に動き出しているのを感じていた。朝には魔物から開放され、からだが自由に動いた。いつも通り学校へ行き、部活を行い家に帰ってくる。ところが、夕方になると魔物に自由を奪われ、別人のような敗者になった。目頭に指を押しあてると苦痛が少しだけ和らぐ。風邪をひいていないのにやたら鼻水が出て、悲しくないのに涙がぽろぽろこぼれた。時折のぞく鏡の中のぼくの顔は、青ざめて腫れぼったく、これまでのぼくの顔ではなくなっていた。魔物の存在を人に打ちあけることはしなかった。心配をかけることができないからだ。

授業にもついて行けなくなった。どんどん沈み込み、行き着く先は留年か退学か。ビートルズどころでは、セッターどころではない。崖っぷちまで追いつめられているのに、呆然として、なんらなすすべがなかった。

ぼくは恐い夢を見て、夜中にハッと目を覚ますことがあった。からだ中から冷や汗が出て、ノドがカラカラになる。台所へ行き冷蔵庫の麦茶を飲む。するときもちが落ちついた。母親がいつでも飲めるように切らさず麦茶を作り置きしてくれていたのだ。

戸惑いを抱えたまま、ついに六月三十日がやってきた。

新幹線で東京駅へ着いたのは、その日の午後一時。雨上がりの空にまっ白な千切れ雲が流れていた。東京は中学の修学旅行以来だ。東京駅をまっすぐに皇居方面へ、日本武道館を目指して歩く。皇居を外周する内堀通りに出ることができれば迷うことはない。地図で何回も確かめてきた。ぼくと高杉は顔を見合わせることなく緊張して黙々と歩いた。

すぐに内堀通りにたどり着いた。道に灰色の制服の警察官が一列に延々と列をなしている。その前を若者がぞろぞろ歩いていく。地図はもう不要だった。この列についていけばいいのだ。

お濠端に雨のしずくをいっぱいに含んだ柳の木が風になびいていていた。ゆれるたびにしずくがぼくの顔とからだにふりかかった。北の丸公園の入り口から武道館につづく長い行列ができていた。どうしてこんなに大勢の警察官がいるのだろう。武道館に近づくにつれて警察官の数はさらに増えていき列を狭めていく。ぼくらはビートルズの公演を見にきただけなのに何の警備をしているのだろうか。

今朝、ぼくは五時半頃家を出た。俊徳道の高杉の家まで自転車を走らせ、高杉の家で、学生ズボンと解禁シャツを、綿パンとチェックのシャツに着替え、学生帽といっしょにバッグにつめこんだ。高杉は綿パンに黄色いシャツを着て、そのうえにスエードの紺のベスト、黒のハンチングをかぶっていた。

ぼくの母親には内緒で、高杉の家で勉強の合宿をするから、もしかしたら今夜は家に帰らないかもしれないと言い残してきた。すなわち今日は木曜日で、ぼくと高杉は学校を無断休校することになる。一日くらい休んだところで問題になることはないだろう。

武道館の巨大な建物にたどり着くまでは不安だった。館内に入ったとたんに不安は消えた。会場は人で埋まっていた。ざわざわ話し声がするが穏やかだった。ほんとうにビートルズがこの会場に現れるのだろうか。

ぼくと高杉の席は正面に向かって左側、「西」の三階にあって、見下ろすとアリーナの左側に舞台があり、背後にBEATLSの文字をデザインした看板が立っている。司会者のE・H・エリックが舞台に現れてひと通りのあいさつがあり、日本のバンドの演奏がはじまった。ザ・ドリフターズ、ブルージーンズ、尾藤イサオ、望月浩、内田裕也、ジャッキー吉川とブルーコメッツが、次々に演奏と持ち歌を披露した。長い前座だった。最後にブルーコメッツが「ウエルカム・ビートルズ」という曲を歌い「ハロー・ビートルズ、ウエルカム・ビートルズ」と、会場全体が手拍子と歌声をあげた。

予定ではこの歌声に乗って、ビートルズが登場する手はずだった。しかしいっこうにビートルズは現れなかった。だんだん合唱も、手拍子も弱まりやがて消えてしまった。その後会場に白けた時間が流れた。「カモン・ジョン」どこからか会場に女の声が響いた。すると「ポール、早くー」と、男の大きな声がした。ジョージ、リンゴー、あちらこちらで声が響いた。

「リンゴー、カモン」となりで高杉が立ち上がって叫んだ。すると警備員がどこからか現れて高杉の頭を押さえて座らせた。警備員は無表情で威圧的だった。

一時間以上空白の時間があって、再び司会者のE・H・エリックが現れ、ビートルズを呼び出したのだ。何事もなかったかのように登場した四人。ギターの接続やマイクのチェックをはじめると、一気に嬌声が沸き上がり会場の空気が一変した。

ポール・マッカートニーが短い挨拶をして曲がスタートした。

「ロックンロール・ミュージック」

ジョン・レノンの歌が最初の部分だけ聞こえたけれど、あとは叫び声にかき消されて聞こえなくなった。

「席を立っての声援はお断りいたします。立ち上がられますと直ちに退場となりますので」

公演の開始直前に場内のアナウスがあったが、いざ始まると会場のおおかたの者が立ち上がった。

ぼくの席からは、斜め左横からビートルズの四人が見下ろせた。ポール・マッカートニーもジョン・レノンもマッチ棒くらいにしか見えなかった。客席は二階と三階席だけで、アリーナにはお客は入れない。代わりに警備員がずらりと並び、客席のぼくらの方をじっと見上げている。


「シーズ・ア・ウーマン」

「恋をするなら」

「デイ・トリッパー」

「ベイビーズ・イン・ブラック」
「アイ・フィール・ファイン」

曲が進む。一列前の女子高生の三人組が、われを忘れたように髪の毛をかきむしり、休みなくわめきつづけている。

ジョージ・ハリスンのギターの音が耳ざわりなくらいに大きく聞こえる。ジョン・レノンのギターとのチューニングが合っていないのではと気になってしまう。リンゴ・スターのドラムの音が生音で聞こえてくる。さすがにかっこいい。高杉はリンゴ・スターのファンだ。興奮して「リンゴー」の名前を連呼していた。顔がまっ赤だ。客席は多くが女性で男性は少なく、高杉の声も女性の歓声にかき消された。

ぼくがいちばん好きで聞きたかった曲「イエスタデイ」。ポール・マッカートニーの歌声が流れる。

昨日まで

ぼくの心の痛みは
ずっと遠くに去っていったはずなのに
今も、心のどこかにとどまっている
昨日に戻ることができたら
そう思うことがあるんだ

突然、ぼくは元のぼくでなくなってしまった
暗い影がぼくの上にのしかかり
突然に、昨日までとはちがう何かが
やってきたのだ

彼女はどうして行ってしまったのだ
何も告げずに
ぼくが何かよくない事を言ったからなのかい
今、ぼくは遠い日の昨日を思うだけ

あの頃、恋は子供だましの遊びのようだった
今のぼくには、いたたまれない思いがするだけ
どこかに隠れてしまいたいほどつらいんだ

昨日に戻ることができたら
そう思うことがあるんだ

この曲がはじまると会場全体がシーンと静まりかえった。ポール・マッカートニーの歌声に聞き入っている。歌詞も曲もポール・マッカートニーの作だ。ぼくにとっては特別な曲。自分のもとを黙って去っていった女性を恋うる歌なのだが、ポールは「十四歳の時に癌で亡くなった母への想いを込めた曲」だと話している。

「彼氏になりたい」
「ノー・ウェア・マン（ひとりぼっちのあいつ）」

「ペイパーバック・ライター」は、はじめて聞く曲だった。
ポール・マッカートニーの歌とジョン・レノンとジョージ・ハリスンのギターが絡み合い、どんどん盛り上がっていくかっこいい曲だ。

親愛なる編集者様
ぼくの本はいかがでしたか
書き上げるのに
何年もかかった力作
リアという男の物語
ぼくは仕事がほしいのです
小説家になりたいのです
ペーパーバック・ライターに

イヤミな男の困った物語
男の女房は

信じられないくらい依頼心が強く
これまたヘンテコな女で
その男の息子は新聞記者と
いう設定なんです

千ページもある大作
あと一、二週間あれば
もう少しいいものになるし
もっと長くすることもできる
なんなら書き換えてもいいですよ

気に入っていただけたなら
出版権を差し上げてもいいですよ
一夜にして莫大な利益を
上げられるかもしれませんし

とにかくぼくは小説家になりたいのです
ペーパーバック・ライターに

「アイム・ダウン」はラストの曲。

キミはぼくに嘘をついたね
ぼくには見抜けないって思ってさ
キミは泣きもしなかった
だってぼくのことあざ笑ってるんだから
ホント、まいってしまうよ
地の底まで落ち込んでしまうよ

ぼくがこんなに落ち込んでいるのに
どうしてキミは笑ってられるんだい

男は女のために指輪を買うけれど
女はポイと投げ捨ててしまう
毎回、それの繰りかえし
地の底までも落ち込んじゃうよ
ホント、まいってしまうよ

ぼくらはみんなひとりぼっち
ほかには誰もいないから
それでもキミは言うよね
「わたしに手を出さないで」なんてね
ホント、まいってしまうよ

ぼくがこんなに落ち込んでいるときに
どうしてキミは笑っていられるんだい
地の底までも落ち込んじゃうよ

ホント、まいってしまうよ
アイム・ダウン
オー愛しい人
アイム・ダウン

全十一曲、ビートルズ東京公演は終了した。約三十五分間。あっという間の出来事に思えた。

約八千人の来場者は、警察官に追い立てられるように武道館を出る。外にも警察官があふれていて、何重にも出口付近を固めていた。蒸し暑くて、ぼくは汗びっしょりだった。

ビートルズの演奏は、予定では六時三十分に始まり、一時間ほどで終わるはずだった。東京駅まで戻り、午後八時台の新幹線に乗れば、余裕で大阪へ日帰りできるはずだった。ところが武道館を出た時には、すでに午後九時を過ぎていた。今からどんなに東京駅へ急いでも、下り新大阪行の新幹線には間に合わない。どうにもならないことがわかった。

ぼくと高杉は、ともかく歩くしかなかった。

この気分の高まりはなんなのだろう、ビートルズのせいだろうか、ここがどこだかまったく知らない場所に来ているのに、なぜか恐れるものが何もない。今日は予定が狂って帰れなくなったけれど、そんなのどうだっていい気がしてくるのだった。

市ケ谷の駅前まできていた。ようやく腹が減ってふらふらになっていることに気がついた。駅の近くの蕎麦屋で、ぼくは盛りそばとカレーライス、高杉はカツ丼を食べた。便所へ行き店を出て、ぼくらはことばもなくあてもなく歩いた。どこをどう歩いているのかわからなかった。

四ツ谷駅の駅舎が見えてきて長い橋を渡った。見上げると正面に古い教会があった。その手前を少し行くと長い土手があり、土手の上が細長い公園になっていた。土手の下を電車が走っているのが見える。ここはどこであの電車はどこへ行くのだろうか。

ぼくは公園のベンチに腰を下ろし、そのまま仰向けに寝ころんだ。高杉も少しはなれたベンチに寝転んでいた。すっかり疲れてしまっていた。ほんの一時間ほど前まで本物のビートルズを聞いていたなんて、まるでつくり話のように思えた。

ベンチに寝ころぶと心地よくなってきた。夜空を見上げると雲が早い勢いで流れていて、その雲の晴れ間から月が見え隠れしていた。三日月だったが空気が澄んでいて、時々のぞく月の光がまばゆくぼくの上に降り注いでいた。見ると高杉はとなりのベンチでいびきを立てていた。

ぼくもいつの間にかベンチの上で眠ってしまった。どれくらい眠っていたのだろうか、夢の中で目の前が突然まっ赤になって、ぼくは眩しくて目を覚ましたのだ。ハッとして起き上がると、

「ビートルズか？」

警察官が二人、顔を懐中電灯で照らして立っていた。

「そうです」ぼくは驚いてからだを起こした。

「高校生か」

「そうです」

「立て」

警察官がそう言った。命令口調だ。ぼくはベンチの前に立ち上がった。

少し離れてとなりのベンチにも警察官が二人いて高杉に同じことをたずねているようだ。

「今夜、オマエらみたいなのが皇居の周辺にうじゃうじゃいる、ほんとうは全員留置場行きなんだ、生徒手帳を見せてくれたら、自分らはこのままこの場を立ち去るけど、見せてくれるね」

ぼくは財布から生徒手帳を取り出し警察官に見せた。

「ふーん、大阪から来たのか」

警察官は生徒手帳を見て、台帳のメモに書き写している。

書き取ったメモを見ながら警察官が聞いてくる。ぼくは正直に名前と学校名と生年月日を言った。警察官が持つ用紙の最後の欄に名前と住所を記入するように言われて書いた。高杉も同様に書かされていた。警察官の一人がトランシーバーを手に、台帳を見ながら交信している。何を伝えているかは、ほぼ想像ができた。

「明日の朝にはかならず大阪に帰るように、わかったか」

そう言うと警察官は、生徒手帳をぼくに返し、去っていった。見ると公園のずっと先のベンチにもぼくらと同類の何人かが寝ていて、警察官の懐中電灯の灯りがちらちら揺れているのが見えた。ぼくはまたベンチに横になったが、目が冴えて眠れなくなった。くやしくて腹立たしくて、いたたまれない思いがした。「くそ野郎め」夜空に大声を上げた。「うせろ！　権力の犬め」となりのベンチで、高杉のわめく声がした。
翌日、金曜日の夕方、何事もなかったかのように、ぼくと高杉は家に戻った。母親は何も聞かなかった。

そしてその翌日、土曜日の朝のことだった。いつも通り自転車で学校へ行くと、校門の前に槇原監督と生活指導の山崎という物理の教師が二人立っていて、ひどく顔を曇らせてぼくのことを睨んでいた。

告

左の者は無断休学し
ビートルズなる西洋音楽の
演奏会に参加した
よって左記二名の者を
三日間の停学処分に処す
学校長

校門を入ったすぐ脇にある掲示板に、ぼくと高杉の名前が記された停学処分の紙が貼り出されていた。掲示板のまわりに何人か生徒が取り囲んでいた。二人の行動は、たちまち学校中の知るところとなった。

生活指導の山崎先生は、ぼくを見つけると自転車置き場までぼくの後を追いかけてきた。

「富田、すぐに教員室にきなさい」

その後から槇原監督もやってきた。

「ずいぶんなことやってくれたなあ富田、もうぼくの手を離れたからな、何もしてやれんぞ」

槇原監督の口調は穏やかだったが、言っている内容は冷淡そのものだった。

ぼくと高杉は、今日から三日間の停学処分を受けた。

ぼくの母親は、市役所の近くの保健所に仕事に出かけていたので、学校から職場に電話をしてことの次第を話した。

「あのな、東京へ、ビートルズへ行ってな」

とぼくは母親に話した。

「はあ、誰が？」

「ぼくが」

そう言っても直ぐには理解できないようだった。

「補導されてな」

「はあ？」

「停学になってしもた」

「はあ？」

ぼくは母親に電話で話しながら、ぼくの言っていることが母親には何も通じていないのがわかって、可笑しくなってしまった。

「あきれた子やわあ、アンタはホンマ、ウソばっかりついてなんで言ってくれなかったん」

母親は、ようやくぼくの言っている事の趣旨がわかると、腰を抜かしそうなくらい驚いて、電話口でぼくに何度も同じことを繰りかえしたずねた。

一旦家に戻り、午後、ぼくは母親とともに校長室の小会議室に入った。

小会議室では、教頭と担任の井上先生と会議机をはさんで向き合って座った。きのうの内に警視庁から三上高校に連絡が入り、ぼくと高杉が、新宿区四谷で補導されたという件が伝えられ、学校は大騒ぎになったという。

「本校はじまって以来、前代未聞の不祥事なんですよ、これは」

教頭は眉間に深いしわを寄せ、仰々しい口調でぼくの母に怒っていた。担任の井上先生は大学を卒業したばかりの新任の英語教師で、ぼくのことをかばってくれるのかと思ったが、自分が叱られているみたいに、教頭のとなりでうつむき加減に終始黙っていた。

「キミが富田くんやねぇ」

ぼくとはまったく面識がないような話し方だ。教頭には弓削が入院した日に、病院で会って話をしている。

「どうしてこんな考えられないことが起きたのか、説明してくれるね」

ぼくはありのままを教頭に話した。

新幹線で武道館へビートルズ東京公演へ行ったこと、ビートルズの演奏の開始時間が遅れたために終了時間も遅くなり、帰りの新幹線に間に合わなくなったこと、四谷の土手の公園でベンチで眠っていたところ、警察官にいろいろ聞かれたことなどを正直に話した。

「富田くん、キミは補導という意味わかってますか」

教頭は、ぼくが話し終えるとすぐにそんなことをたずねた。

「知りませんけど」

「あのねえ」

と、教頭は声を強めた。

「キミらは青少年なんですよ、青少年が深夜、街をうろつくのは立派な罪なわけですよ、いいですか、キミらが行ったことは、青少年の深夜徘徊という罪なんですよ」

教頭の手が震えている。ぼくと母親がこの部屋に入ってきて向き合って座った時から、教頭の手はずっと震えていた。額にハンカチをあてがいさかんに汗をぬぐっている。

「それからですね、処分内容は掲示板に示した通りです、今日を含めて三日間、自宅から出ることはできませんので、これは決定事項ですから」

教頭は、テーブルに書類を出して、ぼくと母親に名前と住所を書くように言うと、この三日間に行う自習の内容やら学校への連絡事項やらを、メモを見ながら細かくぼくと母親に伝えた。

母は、自分もいっしょに停学になったみたいに、教頭先生の話にいちいちうなずき「すみません、申し訳ありませんでした」と頭を下げた。それから母は、下を向いて鼻をすすりながらハンカチで目頭を押さえていた。

「それからね富田くん、ビートルズはこれからレコードか何かで聞くようにしなさい、いいですか、はいこれで終わります」

この教頭は、いい人なのだと思う。弓削が入院した日、弓削の母親につき添い、一晩中病院の待合室にいた。しかし、今の教頭は何もわかっていない。ぼくは教頭の言い方にだんだん腹が立ってきた。教頭はぼくと母親に、この部屋を出て早く家に帰るように促す。

「あの教頭先生、ビートルズは二度と日本には来ませんから」

ぼくは、たまりかねて、たどたどしい言い方だったが、教頭にそんなことを言った。何を言うんだキミは、と先ほどよりもっと怒った目で教頭はじっとぼくのことを見据えている。

「無断休学をしたことは認めます」

ぼくは教頭に訴えた。

「でもそのほかの事で悪い事をしたとは思っていません、もしあの時、ビートルズの公演が予定通りに終了していたら」

と、東京公演の当日のことを話した。

「予定通りに始まり終わっていたら、その日の内に新幹線で家に帰ることができたし、四谷で警察官に補導されることもなかったんです、運が悪かったんです」

ぼくが懸命に話をしている間、教頭はぼくのことをじっと睨んでいた。やがて、ようやく起きた事態の見当がついたのか、苦笑いをしてごまかしているようにも見えた。

母親は、となりにいるのに何も言ってくれなかった。「すみません、申しわけありません」と何度も、教頭に頭を下げているだけだった。

ぼくと母親が会議室を出る所で、すれ違いざまに高杉と高杉の母親が部屋に入ってきた。

「よう、高杉」

ぼくは高杉と目が合うと勢いよくそう声をかけた。すると高杉は、

「ベイビー」と言って、ぼくに投げキッスをした。

おそらく教頭はぼくに言ったことと同じことを高杉親子にも話すのだろう。

「これからビートルズは、レコードか何かで聞くようにしなさい」

などとトンマなことを言い出すのにちがいない。何もわかっていないのだから、それくらいしか話す事はできないのだ。

レコードなら、すり切れるほど聴いている。教頭は一回でもビートルズをレコードで聞いたことがあるのだろうか。たとえ聞いていたとしても、たぶん母親の甥のあのメガネ店のオヤジと同じ感想しか持てないのにちがいない。鉄屑屋のクズ置き場のガチャガチャ耳障りな音としか聞こえないのだろう。

『チェッ、手前勝手なことばかり言いやがって』ぼくはだんだんグレた心持ちになってきて、一歩まちがえば、暴れ出しそうになる自分をギリギリ押しとどめていた。

三日間の停学。日曜日を挟んで火曜日まで学校へは行けない。おまけに教科ごとの宿題をどっさり出されてしまった。

停学が明けた水曜日、ぼくと高杉のウワサは学校中に広まっていた。武道館へビートルズを見に行ったことと、補導されて停学になったことが、興味津々、ウワサ話が面白おかしく作り上げられひとり歩きしていた。テレビ中継でぼくと高杉が映っているのを見たというヤツがいた。まったくのお門違いだ。テレビ中継されたのは公演二日目のもので、ぼくらが行った初日の公演はテレビには中継されていない。深夜、新宿の街中で補導されたというウワサもあった。タバコを吸ってふらふら歩いているところを警察官に補導されて留置場に放り込まれたというのだ。

次の日曜日の朝、ぼくは市民病院へ弓削を見舞いに行った。弓削は一般病棟の四人部屋に移されていて、包帯でぐるぐる巻きにされ、窓側のベッドに上半身を起こして座っていた。事故に遭った日からほぼひと月経つ。左足は大きなギブスで固めてあり、天井から滑車付きのロープでぶら下げてあった。左の肩から腕にかけてもギブスがはめられていて、パジャマの上からでもその様子がわかった。

腹部はほぼ回復していたが、弓削は見るからに痩せていて、目がくぼみ無精ヒゲが伸びて別人のようだった。

「オマエらといっしょに東京へ行ってたら、ぼくも停学やったなあ」

弓削はぼくと高杉が補導されたことも、停学になったことも誰かに聞いてぜんぶ知っていた。

「テーガクって、どんなんかなー」

ぼくはふざけて笑福亭仁鶴の真似をした。ぼくは弓削と話せるのがうれしかった。それからビートルズの公演の話をした。まわりの女の子のわめき声でビートルズの歌がほとんど聞こえなかったことや、演奏時間が短くすぐに終わったことなどを話した。

「おかげで東京の女子校の女の子と知り合いになってな、市ケ谷のカッコいいレストランで、いっしょにフランス料理を食べて、住所と電話番号を交換してきた」

それからがちょっと大変で、四谷の土手の公園で補導された時のことや、停学をくらって家にいた時のことなどを話した。

「家にいても、やることがなくてな、退屈しのぎに高杉と難波の不良が集まるダンスホールへ行って、今度は大阪の女の子と知り合いになって、夏には海へ何人かでいっしょに行こうと約束をしてきた」

などと話して聞かせた。ほとんどウソだったけれど。弓削はぼくの話がよほどおもしろいのか、カッカカッカと笑って、イタタタとベッドの上で痛みをこらえていた。

バレーボール部の新チームの話をすると弓削の表情がサッと曇った。ぼくのトスまわしの下手さと、弓削のあとを誰が打つのかを話しているうちに、弓削の目にじわじわ涙がわき出してくるのがわかった。

「富田、バレーボールの話はやめてくれ」

弓削は、頭の下から枕をぬき取り、顔の上に押し当てて泣いていた。

左肩は順調に行けばもうすぐギブスが外れる。しかし左大腿骨はもう一度手術をする必要があるのだと言った。元どおりに歩けるようになるまで、まだまだがまんの日がつづく。ぼくは弓削が毎日どんな思いでベッドに縛り付けられているのかを心得ておくべきだった。

「富田、インターハイ、たのむぞ」

病室を出て行こうとするぼくに、弓削がベッドから声をかけてきた。

「まーかせなさい」

ぼくはおどけてみせたが、弓削のいる病室を出て行く時に、ぼくの胸にも熱いものが込み上げてきた。


インターハイ大阪府大会が服部緑地公園の野外コートで始まった。七月の太陽が土のコートをまばゆく照りつけていた。三上高校は一回戦で港高校、二回戦河南高校を苦労せずに破った。三回戦では昨年の全国インターハイ優勝チーム大阪商大付属高校との対戦になった。トーナメント方式だから、順当に勝ち進めば必ず対戦することになるのははじめからわかっていた。

「簡単には負けるな、三上高校の意地をみせろ」

槇原監督は、試合の直前にそれだけをぼくらに伝えた。

真夏のカンカン照りの日差しの下で、午後から風が出てきてコートに土煙が舞い上がる。試合前に乾燥したコートに水が撒かれたが、すぐに蒸発して土煙を上げた。

三セットマッチの第一セット目は一〇対十五でとられた。大商大付属はほとんど二軍の選手だった。三上高校は最初から甘く見られているのだ。

第二セット、始まってすぐに、取られたら取り返すシーソーゲームになった。小野田コーチの指示で、攻撃パターンをセンター中心に切り換えていた。第一セットではレフトからのオープン攻撃を中心にしていたが、高いブロックに半分くらいシャットアウトされた。そこで今度はセッターのぼくがセンターに短いトスを集め、アタッカーの吉田と島袋はセンターからコースを左右に打ち分け、マトをしぼらせない作戦に出た。戸惑わせ、レシーブのミスを誘う、これが狙い通りにいった。大商大付属は全国一位のチームだ、力まかせにスパイクを打ちポイントを稼ぎにくる。同じような戦い方をすればこちらに勝ち目はない。臨機応変、左右に打ち分けるつかみどころのない変則スパイクで、点を取られたらすぐに取り返す。さらに一か八かの足の長いサーブを打ち、相手のエンドラインギリギリを攻め、サーブレシーブのミスを誘った。三上高校は、何をしてくるかわからないいやらしいチームだと、心理的に揺さぶりをかけるのだ。

ふと見ると、コートの周囲を取り囲むように観客の輪ができているのがわかった。観客はすでに敗退した他校チームの選手たちと、その監督や関係者だった。

大商大付属は、三上高校をナメてかかっていたに違いなかった。しかし今はイライラしてきているのがわかる。こんな下位のチームに、インターハイ出場を阻止されるわけにはいかないのだ。三上高校には失うものなど何もなかった。思い切って攻めていけば、もしかしたらもしかするかもしれなかった。

コートの周辺の観客がどんどん増えていく。大商大付属が苦戦していて敗けるかもしれないぞと、うわさを聞いて集まってきたのだ。しかもまわりが応援しているのは大商大付属ではなく、三上高校に対してだった。こちらがポイントを取ると歓声と拍手が上がった。

第二セットの後半、十一対九で三上高校が二点リードした。とうとう大商大付属が本気になった。左利きのスーパーエースが選手交代で入ってきたのだ。身長一九〇センチ、全国的にも名の知られた超高校級スパイカーだ。カラダが大きい上に、並外れたジャンプ力がある。ブーンと飛び上がり「オンドレ！」とガラの悪い掛け声とともにブロックのはるか上からスパイクを打ち下ろしてくる。力強くて美しいフォーム。切れのある強烈なスパイクだった。

弓削がいてくれたら、ぼくはトスを上げながら何度も思った。前半当たっていた吉田のスパイクが、相手のブロックに読まれ、狙い撃ちされ、連続してシャット・アウトされた。

十二対十二の同点。監督がタイムアウトを取り、三上高校はここで最終手段に出た。六人全員レシーバーシフト。こちらはブロックをやめて、セッターもアタッカーも六人全員でレシーブする超防御シフト。槇原監督がバレーボールの雑誌か何かで知ったのだろう、セオリーにはない玉砕戦法だった。まわりの観衆から、オーッと驚きの声が上がった。大商大付属もこんなの見るのははじめてだろう。

「惑わされるな！」コートの外から監督の声が飛ぶ。ブロックをしてこないのだから、時間差攻撃もフェイントも必要ではない。強打でレシーバーを吹っ飛ばすしかないのだ。

その直後、左利きのスーパーエースの強打がぼくを直撃した。ぼくの両腕に力まかせのスパイクがめり込む。ボールはきれいな放物線を描いていいトスになる。そのトスを吉田がそのままスパイク。ボールは吸い込まれるように相手コートのどまん中に落ちた。まわりからいっせいに歓声が上がり拍手が起きた。

「どうや、見たか」

ぼくは拳を振り上げた。ネットの向こう側で「なんやねん、オマエらは」スーパーエースがぼくの顔を見て苦笑いしていた。

真夏の空の下、土煙が舞い上がる。ぼくらは最後の一球まであきらめずにボールを追いかけた。第二セット十三点まで追い込んだが、作戦も勢いもここまで、最後は圧倒的なパワーでねじ伏せられた。

まわりから拍手が湧きあがった。三上高校の善戦への拍手だった。敵も味方も、頭から足の先まで砂まみれ、口の中までジャリジャリになった。試合時間五十五分、三上高校バレーボール部の夏は終わった。

インターハイ予選大阪大会で、大商大付属と三上高校の接戦の様子が、八月、新聞の小さな記事になっていた。

『三上　驚異の六人レシーブシフト』という見出し。その記事を切り抜いて、弓削に届けようとしたのだが、弓削がまた泣き出すと困るからそれはやめにした。

弓削の左足の再手術がおこなわれた。腰の骨を大腿骨に移植する手術だった。その再手術が成功すれば回復時期も早まるだろうということだった。弓削の退院の日が決まったのは十二月に入ってからだった。ぼくと吉田は、入院中たびたび弓削の見舞いに行った。

弓削の退院は二十四日のクリスマスイブに決まった。

弓削の退院と入れ替わるように、ぼくが同じ病院に入院することになった。弓削が退院をしたその翌日、十二月二十五日に母親につき添われて、ぼくは市民病院へ受診に行ったのだ。

その日の前夜、ぼくはなかなか寝つけず、眠りも浅く、明け方まで寝返りを繰りかえしていた。間断なく頭を押さえつけられるような痛みがあった。じっと横になっていられないつらさだった。早朝、鏡の中の自分の顔を見てびっくりした。左目が塞がりそうなくらいに顔面が腫れていたのだ。

外来の耳鼻咽喉科を受診すると、重度の蓄膿症だと診断され、敗血症の心配もあるからと、その日の午後、緊急入院することになったのだ。

「よくこんなになるまで、キミ、つらくなかったのか」

医師はあきれたようにぼくに言った。市の保健所に勤務しているのに、なぜ自分の息子の状態がこんなになるまで気づかなかったのかと、母親は医師に問いつめられていた。

暮れの二十九日に手術することになった。

局部麻酔の手術だった。手足と腰に太い革ベルトが巻かれ、手術台に固定し、身動きできないようにされた。目の上をガーゼで目隠しされ見えないが、手術医と看護婦のやり取りがはっきりと聞こえた。上唇が引っ張りあげられ顔がまくり上げられたような感覚になる。麻酔の注射をされ、上顎にメスが入る、ノドに血がたまる。看護士は吸引ノズルで吸い取る。丸ノミ、反りノミと手術医が指示をする。ゴリゴリと頭の中で音がして、ぼくは痛みに耐えきれずからだをよじったが身動きができない。

「まだ序の口やから、ほんまに痛いのはこれからや」

拷問のようだった。

「この蓄膿は、やり甲斐のある蓄膿やなあ」

手術医が手を止める。

「さてと、ちょっと痛いで」

手術医がそう言った瞬間、頭の奥でバキッと何かが砕ける音がした。目玉がつぶれたのではないかと思える衝撃だった。ぼくはあまりの痛さに「あー」と叫んだのを覚えているが、その直後意識が遠のいていてしまった。

気がつくとぼくは病室のベッドに寝かされていた。氷のうが顔の上にのせられ、両手をベッドに縛りつけられていた。ぼくは大晦日と正月を病院で過ごすことになった。

術後一週間して、明らかな変化を知ることができた。今まで視野の下部が霞んでほとんど見えていなかったのだが、はっきり見えるようになった。上下、左右、ぐるりと全視界が開けて見渡せるようになっていた。頭の痛みもなくなっていた。手術中、バキッと頭の中で炸裂したあの音は何だったのだろうか。ぼくの頭の中に岩のようにとりつき、つらく憂鬱にしていた魔物が、あの一撃によって砕かれ消滅していったのだと思った。

ぼくは二週間で退院できることになった。学校にも通えるようになったが、担任の井上先生に相談して、授業にはつづけて出るが、一月末の学年末試験は受けなくてもよいことにしてもらった。

三月、ぼくの留年が決まった。

弓削は、自宅から病院へ通院をつづけることになった。左足のギプスはまだ外せないが、松葉杖をついて歩けるようになっていた。

ところがまたしても弓削に酷な知らせが入った。出席日数が足りないという理由で、ぼくと同様の留年になってしまったのだ。交通事故で重傷を負ったため、というはっきりとした理由があるのに免れることはできなかった。

その知らせは、担任の井上先生が弓削の家へ行き、家族に直接伝えられた。

「留年でもなんでもお受けします、うちの子の命が助かっただけで、わたしらはもうそれだけでじゅうぶんなんですよって」

母親はそう言ったという。井上先生は家族の反発を覚悟していたのだが、弓削の母親の反応はぜんぜんちがうものだった。

ぼくと弓削、二人の留年が決まった日に、ぼくは高杉と会った。美術部の部室へ行くと、アート紙や画用紙のゴミが山のようになっていた。高杉は自分の絵をすべて運び出す準備をしていた。玄関に掲げてあった『ＬＩＦＥ』の鶴の絵も、今年出展する予定の『荷車』も、ほかの絵とともにヒモでくくり廊下に出してあった。

高杉は、ぼくと弓削の留年のことをすでに知っていた。

「これ富田にやるわ」

高杉は、紙袋をぼくに手渡した。『プリーズ・プリーズ・ミー』から『ラバー・ソウル』まで、ビートルズのＬＰが六枚入っていた。

「ビートルズは卒業しようと思う、ビートルズからはいろいろ教えられたけど、これからは自分流でやっていこうと思うんや」

高杉ののぞみは明らかだった。美術の表現者としてやっていくことだ。彼ならきっと、ポール・ゴーギャンにでも何でもなれるにちがいないと思った。

部員が使っている大きな棚と、ロッカーを掃除するため、部員が数人どかどか部室に戻ってきた。棚の上から、ベニヤ板二枚にサンドイッチされた大きなポスターが出てきた。『ビートルズを　見に行かない奴は　アホである』あのポスターだ。ヘルメットをかぶり反戦の旗を持ったビートルズ四人のポスターも出てきた。どちらも丁寧に折りたたまれて、ベニヤ板に挟んで保管してあったのだ。とっくに破かれて捨てられたものだとばかり思っていた。それもこれもみな高杉の作品なのだ。

「オレ、転校するから」

高杉は、忙しく棚の掃除をしながら、小声でそう言った。

「ええ？」と聞き返した。

「転校するから」と同じことを言った。

「退学するってことか」

ぼくは聞き直したが、高杉は何も応えず棚の上の埃をほうきで掃きはじめた。ぼくは高杉の様子を見ているだけで、チカラが抜ける思いがしてきた。

高杉の母親は、高杉の停学処分が受け入れられず、言い渡されたあの日の後にも、学校との間で、何度かやりとりがつづいていた。母親は承知しかねるとして、三上高校校長宛に訴状を送っていた。

「今回の問題の核心はビートルズ東京公演にあります。ビートルズに会いたい。十六歳の少年二人の純粋な思いを学校はなぜ受けとめることができないのでしょうか。それどころか、その行為に罰を与えるとは教育者のとるべき態度でしょうか。協議することもなく、その日の内に、停学処分とはまったく思慮に欠けた判断と言わざるをえません。処分再考のお考えはないかお伺いしたい。」

学校から高杉の母親へ送られてきた返事は、停学はあくまでも無断休校と警察による補導が理由であると繰りかえすだけだった。高杉の母親は、校長にさらに訴状を送ったが、その後学校側からの返事はなかった。母親の訴えに応える内容にはなっていなかった。

ぼくは紙袋を手に、美術部員に追い立てられるように美術部の部室を出た。

「グッバイ、富田」

背後で高杉の声がした。

「じゃあな」

これが高杉と交わした最後の言葉になってしまった。

高杉の自室のようでもあった美術部の部室。ぼくはもう、この部屋に来ることはない。バルコニーに面した窓がぜんぶ開け放たれていた。外は春一番が吹いていて、ガタビシ窓ガラスを揺さぶり、風がうなりを上げて部屋の中に吹き込んでいた。

ぼくは一人とり残されたようでさみしい思いがした。高杉は、ぼくにビートルズのレコードをくれたけれど、こんなのいらないやと思った。校門脇の自転車置き場のとなりに金網を張ったゴミ捨て場があって、ぼくは紙袋のレコード六枚を大きなゴミ入れに捨てた。

高杉は、三上高校を退学して、八戸ノ里にある私立大学の付属高校に転校していくことになった。高校に通いながら美術系の予備校に通い、東京の美大を目指すのだ。

新学年が始まっていたが、弓削の自宅療養はつづいていた。松葉杖をつかなくても、ゆっくり歩けるようになっていた。それでも病院は慎重でもうしばらくは通院を優先するよう指示していた。

弓削は留年になり、ぼくと同じく新二年をやり直すことになる。弓削が登校できるようになるまで、そう遠くはないように思える。ぼくと別のクラスになっても、ぼくはまた弓削と仲良くやっていこうと決めていた。

しかし現実は想像以上につらいものだった。新学期がはじまって、早くも二週間が過ぎた。ぼくは一年下の新二年生のクラスにいたが、ぼくは毎日、身の置き場がないいたたまれない思いで机の前に座っていた。バレーボール部もやめることにした。同じクラスに一年下のバレーボール部員が一人いたが、その部員もぼくと顔を合わせたくないようで話をすることはなかった。

昼の休憩時間、バレーボール部の部員たちは、中庭にある大きな楠木の下に集まることになっていた。吉田や島袋や新三年生たちが取り止めのない話をするだけだったが、それなりに楽しかった。ぼくはバレーボール部をやめていたのだが、昼休みには足がそちらへ向いていた。ほかに行くところがなかったからだ。他愛のない話しかしないのだが、ぼくは、今まで同学年だった三年生たちの中にどうしても入っていくことができず、一人だけ浮いていた。

午後の授業開始のチャイムが鳴った。新三年生たちは東館の校舎へぞろぞろ引き上げていく。ぼくはひとり、中庭を隔てた本館の二年生の校舎へ戻っていく。

本館の入り口の手前まできたときに、ぼくはふと背後に視線を感じて立ち止まった。振り向くと、吉田が一人、中庭の楠の木の下にポツンと立っていた。ぼくを見て笑っている。ぼくも吉田を見て笑った。

するとと吉田は、自分でトスを上げ、ぼくに向かってスパイクを打ってきたのだ。ぼくはレシーブをして返球をした。もちろん本当のボールではないイメージのボールだ。

それから吉田は、手を振って東館に消えていった。
ぼくの回りには、だれもいなくなってしまった。それで、ぼくはビートルズの「ノー・ウェア・マン」をお経みたいに頭の中で歌っている。

だれにも知られず
だれの役にも立てず過ごしている
行く先がわからず
どこへ向かっているのかさえわからない
でも、あせることなんてない
自分のペースでいい。これでいいのさ
このままやって行けばいい
キミは大事なことを忘れている
いつかきっと
思い通りになっていくってことを

絶望のスパゲティ

Spaghetti alla disperata

午前六時〇〇分、新大阪発東京行、新幹線ひかり二号が発車した。

　赤松喜久夫は五号車ビュッフェ車両にパントリーとして乗り込む。乗り込むと同時に、三器ある電熱コンロの一つに、水をいっぱいに入れたやかんを乗せスイッチを入れる。つぎにひと抱えほどもある大鍋に水を六分目ほど張ってから、電熱コンロの一つに乗せる。扇型の口をした細長い筒鍋にカレーの具を入れ、大鍋の湯に沈める。筒鍋は大鍋のふちに引っ掛けられるように出来ていて。カレーの具が三キログラム入る。一キロ入りビニール袋入りを三袋、袋の口をハサミで切って入れる。

　イタリアン、ナポリタン、二種のスパゲティソースは缶詰めで、缶をそれぞれ十二個ずつ大鍋の底に沈める。一缶二一〇グラム。缶のふたには「イ」と「ポ」の文字が印字されている。一缶一人前。一つ一つ大鍋の熱湯の中からトングという専用の道具を使ってつかみ出す。中の具を出す際、缶のふたにパンチで三角形の大きな穴を開けなくてはならないがこれにもコツがある。缶を上に向けたままいいかげんに穴を開けてはいけない。熱で缶の中の圧力がかなり高まっている。穴を開けたとたんに具が、上に勢いよく吹き上げ、下手をすると顔をヤケドすることがあるからだ。喜久夫は誰に教えられたわけではないが、三角パンチの上に濡れた布巾をあてがい開けることにしている。吹き上げを防ぐためだ。

パスタは大量に、半茹での状態でタテ長のトレイに二つ、食器棚下の冷蔵庫に入っている。食材のほとんどは新大阪の本社の厨房で、決められた通りに作られ、運び込まれている。

やかんの湯が沸くとコーヒーを入れる。焙煎した粉コーヒーをネル布の濾し器に入れ、その上にお湯を注ぎ、大きなコーヒー・サーバーに落としていく。お湯は丸く輪を描くようにゆっくり注ぎドリップする。一度に五リッターずつ。車販、ビュッフェ販合わせて、一往復する間に三回ドリップを行う。

喜久夫と組んでいるのはコックの金野宮子（こんのみやこ）で、せっせとキャベツを千切りしている。ハンバーグ、トンカツ、焼肉定食にはなくてはならない材料だ。

ちなみに国鉄から新幹線ビュッフェの業務委託を受けている会社は、喜久夫が所属する「レストラン日鉄」のほかに二社あり、新大阪、東京間のひかりとこだまそれぞれに業務が割り振られている。十六両編成の新幹線には、五号車と十一号車にビュッフェ車両が連結され、それぞれ別々の会社の班が乗務している。

「レストラン日鉄」には三十九の班があるが、スタッフ全員女性だけという班は三十四班だけだ。そこになぜか男性の喜久夫ひとりだけ、パントリーとして配属されている。

班長の市田由紀子（いちだゆきこ）、コックの金野宮子（こんのみやこ）、接待係の染谷伸代（そめやのぶよ）、車販の貝谷裕子（かいやゆうこ）、レジ係の邦川よね子（くにかわよねこ）の六名の社員のほかに、乗務する列車の時間帯に応じてアルバイトが二名、接待と車販に補助員として入る。

新大阪を発車して京都駅に到着する約十五分間が、ビュッフェ営業のためのすべての準備時間だ。

とくに大変なのがうなぎ弁当百食の準備だ。プラスチックの弁当箱をカウンターの上にいっせいに並べる。喜久夫がライスジャーから炊きたてのごはんを弁当箱に盛っていく。ごはんは本社の厨房で炊いたもので、八升入りのライスジャーを二つ積んでいる。

コックの宮子が電子レンジで一人前ずつビニール袋に入ったうなぎを温める。班長の市田由紀子が温まったうなぎをひとつひとつ袋をハサミで切り、ごはんの上に乗せていく。喜久夫がポリ容器のタレをかけていく。接待係の染谷伸代が上フタを閉め、新幹線とうなぎの絵の入った包装紙を乗せ輪ゴムで留めると出来上がり。

車販の貝谷裕子がワゴンに積み込んでいく。新幹線名物うなぎ弁当はひとつ五百円。ちょっと高価だ。喜久夫は、壁面の戸袋から食器類を出し棚の上にいつでも取り出せるようにする。三槽のシンクにお湯を張り皿洗いの準備をするとすべての受け入れ態勢が完了する。

ひかりが京都駅を発車すると営業開始となる。前後のドアが開くとビュッフェにお客がなだれ込んでくる。中央の立食式カウンターも、車窓側カウンターの十五席の固定チェアもたちまち満席になる。とくに月曜朝のひかりは乗り馴れたビジネスマンがほとんどで、東京駅到着の三時間余り満席の状態が続くのだ。

車内放送用の送話器を手に、車販係の貝谷裕子の声が車内に流れる。

「本日は、新幹線ひかりをご利用いただきまして、まことにありがとうございます……」

送話器を切ると、貝谷裕子はワゴンのストッパーをつま先ではね上げ客車のドアを開け車販に出て行く。貝谷裕子は三十四班だけでなく「レストラン日鉄」の車販のエースだ。アイドル並みの容姿と清楚で華奢なからだに重いワゴンを押して歩く姿が、人目をひきつける。とくに男性客のウケはことのほかよい。全車両を一往復し終える前にワゴンの商品が完売してしまうのだ。

「ハンバーグワン、カレースリー、ナポリタン、ワン」

班長で接待係を兼ねる市田由紀子がオーダーを入れる。コックの金野宮子と喜久夫の「ハーイ」の返事が同時にひびく。

「カレースリー、イタリアンツー」

同じく接待係の染谷伸代がオーダーを入れる。小柄な染谷伸代の姿は満員のお客に紛れて見えなくても、舌足らずの甲高い声はどこにいてもすぐに伝わる。喜久夫はカレー三枚、ナポリタン一枚、イタリアン二枚それぞれの皿を手際よく用意する。コーヒーカップをカウンターに並べ、サーバーから注ぐ。カレーは杓子でライスを片側半分に盛り、片側に大鍋で湯煎した具を三枚続けざまに盛り、菜箸で福神漬けを添える。ナポリタンとイタリアンは冷蔵庫からスパゲティのトレイを取り出し、皿に盛り電子レンジで三十秒。大鍋の湯から缶詰の具を取り出しパンチで穴を開け、上にかけると出来上がり。

ちなみにカレーライス一八〇円、スパゲティ二〇〇円、ホットコーヒー八〇円だ。

やがて流しには、皿、コーヒーカップ、ナイフ、フォーク、スプーンなど洗い物が山のように積み重なっていく。皿洗いも喜久夫の仕事だ。残飯は流しの下のゴミ箱へ。シンクは三槽になっていて、第一槽に洗剤を入れ、二槽でほどよく洗い、三槽でキレイに洗い流す。

「カツサンドワン、ハンバーグワン、イタリアンツー、ホットスリー、ゴメンナサイ、イタリアンもう二つ追加でえーす」

お客の間をくるくる動き回りながら舌足らずの染谷伸代がオーダーを入れる。

「イタリアンツー、カレー五丁、ビーフシチューとライスそれぞれワン、ホット五丁…」

市田由紀子がオーダーを入れながら、使った皿を六、七枚重ねて持ってきて、流しの横に置いていく。

コックの金野宮子は多少気分にムラがあり、急かされるとイライラがたちまち態度に出る。

「ちょっと、オーダーが聞こえない、もぞもぞ言わないでよね」

などと声を荒げる。

こんな時、レジ係の邦川よね子が金野宮子に近づいていく。

「そんな大声出さなくてもいいから」

よね子は宮子の耳元で注意するとすぐにレジに戻る。

ビュッフェの中ではカウンターを隔ててお客が目の前にいる。よね子は実直な人柄で、何が起きてもレジの前を離れることはない。しかしスタッフの態度や言葉づかいが気になる時は、すぐに行って注意をする。お客さまの前で声を荒げるなどもっての外なのだ。

コックの宮子は無口で飾り気がないが繊細だ。イライラがつい態度に出てしまう。よね子がそのイライラをこっそり諫める。二人が、喜久夫の背後を行ったり来たり短く何かを言い合っていることがある。はじめの頃、二人はいがみ合っているのかなと思っていたが、仕事が終わるといたって仲がいい。女の人どうしというのはなんだかよくわからないところがあると思うのだ。

こんな忙しない時にかぎって、厄介なことが起きるものだ。赤ん坊を抱いた若い母親が、ミルクを作りたいので哺乳瓶にお湯を入れて欲しいとやってきた。

「コックさんすみません、お湯をいただけないかしら」

母親は哺乳瓶を喜久夫の前に差し出している。喜久夫はパントリーなのだが、コックのなりをしているからお客からはコックに見えているのだ。

この忙しさ、見ればわかるだろう、けれど「あとにしてくれませんか」などとは言えない。喜久夫は哺乳瓶を受け取りお湯を注ぐ。「おまたせしました」お湯を入れた哺乳瓶をカウンターの上に置くと、母親は赤ん坊を抱いたまま片方の手で哺乳瓶を受け取った。ところが、哺乳瓶が母親の手をスルリとすべりぬけて床へ。バリン、とガラスの哺乳瓶が割れる音がした。

「熱っちー」お湯が周辺に飛び散って、そばにいたスーツの男のズボンにかかり、驚いて声をあげた。湯のかかった片方の足を持ち上げズボンの裾を手で払っている。

「熱っつー、ヤケドしたぞ」

班長の市田由紀子がとんできて、喜久夫から乾いた食器用のダスターを受け取るとスーツの男の足元を拭いた。

「大変失礼いたしました、申し訳ございません」

由紀子班長が男に謝る。

「ヤケドしたぞ」

「ごめんなさい、私が手をすべらせて」

赤ん坊を抱えたまま母親が男に謝っている。

喜久夫はカウンターを出て、飛び散ったガラスの破片を箒でかき集めた。確かに男の足元にお湯がかかったが、取り置きしてあったお湯だ、ヤケドするほどの熱湯ではない。喜久夫は、そっとこのことを由紀子班長に伝えた。突然横でバリンと音がして、足元に湯が飛び散って驚いただけなのに。

「ヤケドしてたら治療代を請求するからな」

そんなことを言って騒ぐ。なんて料簡のせまいお客だ、少しお湯がかかっただけではないか。班長の由紀子は、何度も謝って男のそばで怒りが治まるのを待っている。赤ん坊の母親も、何度も謝っている。班長の指示で喜久夫は男の客にコーヒーを一杯さし出した。するとやがて怒りがおさまったようだ。

母親には、コップに粉ミルクを入れお湯を注ぎ、班長が席まで持っていくことにした。

トラブルは頻繁に起きる。

カウンターでお客がカレーを食べていた時に、はずみでスプーンが跳ねて、カレーがとなりにいた男のスーツにかかってしまった。「申し訳ない」「どうしてくれるのだ」とサラリーマン同士のトラブル。

「スーツをクリーニングに出すから金をよこせ、一万円でいい」

「クリーニングに一万円もかからない、二千円なら出す」

「あんたの安いスーツといっしょにするな」

「ええかげんにしろ、どこの会社の者だ、オレは木下電気の事業部の課長だからな」

「それがどうした、オレは、ヒロオカ造船の者だ」

たがいに一歩も引かない。

口論がどんどん高じて胸ぐらつかみあっての小競りあいになった。

班長の由紀子がすぐに専務車掌に連絡を入れる。専務さんが駆けつけ、二人の間に割って入る。東京駅のお客様相談室に連絡を入れ、東京駅で相談員による解決が図られることになり、騒ぎはようやくおさまった。

由紀子班長だけでなくスタッフが事あるごとに気にかけているのは「専務さん」と呼ばれる専務車掌の存在だ。新幹線の専務車掌は、列車内で起きるどんな些細なことにも目を光らせている。頼れる存在ではあるが、こちらに何か落ち度があるときはきびしく注意を受ける。時には「レストラン日鉄」本社に連絡が入ることもある。

昼食時には、専務さんと副専務さん運転士と副運転士、計五名のための弁当を用意する。二段重ねの特大弁当箱。上段にハンバーグとエビフライ、サラダ、スパゲティ・ナポリタン、下段にはライス大盛り、カップにポタージュスープとコーヒー付き。これで一人前、お代は無料。班長が専務室と先頭と最後尾の運転室に運ぶ。世界の最先端鉄道も、中身は親方日の丸と従者による、馴れあいのゴマスリサービス。暗黙の慣例となっている。

接待係の染谷伸代が、皿やコーヒーカップの洗い物を両手いっぱいに抱えて戻ってくる。流しの端に洗い物が山になっていく。接待の合間をぬって伸代は時々皿洗いを手伝ってくれるのだが、この時は様子が違っていた。伸代は喜久夫のそばに近づいてきて、手招きをして囁くようにこんなことを言った。

「喜久ちゃん、やっぱり絶望的やわ」

喜久夫は伸代の横顔を見ると、うつむいて皿を洗いはじめた。

「あそこのスーツのお客」

カウンターのいちばん奥で一人スパゲティを食べている男の客を伸代が顎で指し示す。ポマードベタ塗りのオールバック、薄い色付きメガネの小柄な中年男。一見気取ったサラリーマンだが、その男のどこが絶望的なのだろう。

「これ見てよ」

伸代はそれとなく喜久夫に紙片を手渡した。名刺だ。裏を返すとボールペンでこんなことが記してある。

『魅力的な人、ぜひ連絡してほしい』

カズキホーム本社総務部次長の肩書き、住宅メーカーだ。

「のぶちゃん、どうするの」

喜久夫はとなりで皿を洗いながら伸代にたずねた。

「どうもしないわよ」

染谷伸代は皿を洗う手を休めずつぶやく。喜久夫も手は止められない。洗い終えた皿やコーヒーカップを布巾で拭いて壁面の棚にしまっていく。

「あたしゾーっとするのよ、ああいうタイプ、わかる」

色付きメガネの男が仲代に視線を送っているのがわかる。スパゲティを食べ終えると、男は皿とコーヒーカップを手にこちらへ近づいてくる。

「イヤー、どないしょ」

男は仲代の目の前まで来ると皿をカウンターの上に置き、カウンター越しに仲代のことをじっと見ている。

仲代はうつむいて皿を洗いながら、喜久夫にやたらからだをくっつけてくる。

次の瞬間、男はカウンター越しに仲代に顔を近づけ、何かをささやいたのがわかった。喜久夫には男の声は聞こえなかった。仲代は、知らんふりで黙々と皿を洗っている。

少し間があって、喜久夫と男の目が合った。男の目に「オマエ邪魔ダ」とおこっている険悪さがあった。男はレジで支払いを済ますと、肩をいからせビュッフェを出ていった。

ここは時速二一〇キロで走る密室空間。何かが起きても逃げる場所はどこにもない。

仲代は喜久夫から名刺を奪い取るとビリビリ細かく破ってゴミ箱に捨てた。

「さっき、あのお客ノブちゃんに何か言ったやろ、あれ、何やったん」

喜久夫は仲代にたずねた。

「ごくろうさま、じゃあまたね、やて」

「じゃあまたねって、どういう意味やろね」

「知らないわよ、声がきもち悪いのよ、ぬめっとして、わかるやろ」

仲代はようやく顔を上げた。「わかるやろ」と言われても、仲代が言うきもち悪さがよくわからない。

「君の名は、とか聞かなかったのか」

「聞かれても教えないわよ、あっ、しまった、名札を見られたかも、もうイヤや絶望的」

仲代は、「染谷仲代」の胸のネームプレートを手で押さえた。仲代は、中年の男からしばしば声をかけられる。水色の制服に白いエプロン姿、上着をふくよかな胸が押し出し、下半身を覆っているミニスカートがはち切れそうだ。小柄で小太りのぽっちゃり型。見方によれば官能的ともとれるかもしれない。あの色付きメガネの男も、そんな伸代に悩ましさを感じたのだろうか。

ひかり二号は東京駅に到着すると、ひかり四十二号新大阪行として折り返し運転となる。東京駅のホームには「レストラン日鉄」の東京駅業務班の搬送係スタッフが待機している。ゴミ袋を下ろし、下り用のシューマイ弁当や、おみやげ品、缶ビール、コーラなどの食材を積みこむ。停車時間は二十五分。スタッフは乗車したまま、慌ただしく補充と清掃を済ませるとすぐに発車。つぎの停車駅新横浜駅発車と同時に営業開始となる。

赤松喜久夫が「レストラン日鉄」に見習いとして入社したのは、大阪で万国博覧会があった翌年（一九七一年）の四月だった。履歴書と住民票を持って新大阪駅近くの本社に面接に行き、その日の内に内定して、三日後には新幹線ビュッフェの業務についたのだ。

本社の整列カウンターで制服と靴を支給された。白の上着と黒のズボン、白の靴。たちまち身なりだけはビュッフェ乗務員になった。予めの説明も何もなく、ぶっつけ本番、やれば分かる式の大ざっぱな入社だった。

何から何まで面食らうことばかりだった。午前十時四十七分新大阪発ひかりに乗務。ビュッフェ乗務員はコックもパントリーも接待係も車内販売員も全員、ホームに横一列に整列する。ひかりが入線してくると、乗務員は、気をつけの姿勢で列車にいっせいにおじぎをする。

喜久夫は、列車におじぎをすることに抵抗があって、もじもじしていると、誰かに後ろから頭を押さえつけられおじぎをさせられた。全身鳥肌が立った。振り向くと教育班の中井係長が立っていた。中井係長は黒のスーツに蝶ネクタイ、胸に教育班係長中井のネームバッチ。小柄で色白、一見まじめで穏やかそうだが、切れると豹変するタイプだろうか。

教育班は文字通り新入の教育をする班だ。ホームで、中井係長は喜久夫と向き合い、おじぎの腰を折る角度は四十五度だからと指導された。おじぎの仕方など知らなかった。ましておじぎをする相手は新幹線という機械の塊ではないか。

喜久夫は会社から内定したと聞いています、と、中井係長に言ってみた。

「内定と採用はちがうし、いいですか、赤松くんがどういう人かわからんのですからね、そのための試乗ですから、いいですか」

今からの試乗で見極めをして、本採用になるかどうかはその後に決まるのだと言った。

教育班の中井係長は語尾に「いいですか」をつける。声は淡々として穏やかだったが、言葉でねちこく相手をねじ伏せる強引さがあった。喜久夫は、蜘蛛の巣に引っかかった虫のようだった。絡めとられ徐々にチカラを奪われていくようで、もはやこれまでと、観念するしかなかった。

ビュッフェに乗り込むと列車はすぐに発車になりホームを離れていく。窓の外の大阪の景色がどんどん遠ざかっていく。

中井係長から最初にする仕事が指示された。アルミ製の手提げバスケットにうなぎ弁当とポリ容器のお茶をぎっしり詰め込み、一号車から十六号車まで売って歩く。バスケットの片方を喜久夫が提げ、もう片方を中井係長が提げる。マン・ツー・マンの実地指導。

先頭車両の少し広くなった乗車口まで移動し、客車に入る前に、中井係長から細かな注意を受けた。

まずはご挨拶だ。「失礼します」とドアが開くと客車内に向かって一礼をする。声は元気よくではなく、ほどほどのいい声でご挨拶をする。

「いいですか、ハイ、一回練習」中井係長が喜久夫に促す。なかなか声が出てこない。それでは「失礼します」を今すぐ三回繰りかえし言え、とまた指示される。ゾーッとして額の汗が頬を伝い背すじを冷や汗が流れる。

躊躇している間もなく、すぐに本番だ。自動ドアが開く。中井係長が喜久夫の背中を後ろからぐいと押す。

「失礼します」喜久夫は声を出したが、乗客の冷たい目に晒されているようで弱々しい声になってしまった。

「失礼いたします」後ろから中井係長の声がした。歯切れのよい落ちついた声だ。喜久夫の足が前に踏み出せないでいた。すると中井係長が喜久夫の肩を前へ押しやり、

「お弁当とお茶をお持ちしました」そう言うように耳元で促す。

「お弁当にお茶はいかがっすか」

ようやく喜久夫は小さな声が出た。

「いかがっすかじゃない、いかがでしょうか」

中井係長がまた喜久夫の耳元でささやく。言い方はあきらかに怒っている。

すると中井係長の丁寧な言い回しが響く。

「新幹線名物うなぎのお弁当とお茶をお持ちしました、うなぎ弁当とお茶ご入り用のお客さまはお申し付けくださいませ」

うなぎ弁当三つとお茶がたちまち売れた。うなぎ弁当五百円、お茶百円。喜久夫は会計をするよう言われていた。お客からお金を受け取りおつりを手渡す。ひとつうなぎ弁当が売れると、たちまち三つ四つと、つづけざまに売れた。お茶も売れて、喜久夫がお客とお金のやりとりをするたびに、気になるのだろうか、中井係長が喜久夫の手元に顔を近づけてくる。

「どうもすみません、はい、どうもありがとうございました、はいどうもすみません」と中井係長は横から愛想よくお客にペコペコ頭を下げている。

ひかりが豊橋駅を通過する頃、うなぎ弁当が飛ぶように売れて、一〇〇食が完売した。気がつけば売上金が喜久夫の上着のポケットに無造作にねじ込んであった。数えて確認しているゆとりなどなかった。

「あのねぇ赤松くん、基本はお客さまにありがとうございますと心から伝えることや、いいですか、心からやで、わかるやろ」

そう言い残して教育班の中井係長は、これからビュッフェの新人の接待係の指導に回るからと、喜久夫から離れて行ってしまった。

中井係長がいなくなり内心ほっとしたが、これで終わりではなかった。この後は喜久夫ひとりでバスケットを手に、幕の内弁当、東海ナンバーワンというサンドイッチ、その後は名古屋名産ういろを売って歩かねばならなかった。

十六両編成のひかりは全長四〇〇メートル。いったい何往復しただろうか。のどがカラカラになり膝がガクガク震えてきて、夢の超特急が地獄の監獄列車に思えてきた。喜久夫は、この仕事は過酷すぎて自分には出来ないと思った。東京駅に着いたら、中井係長に話して、やめさせてもらおうと思った。

やがて東京駅に到着。ひかりは折り返し新大阪行のひかりとなる。喜久夫はビュッフェのゴミ出しと、食材の積みこみを手伝わされた。まごまごしている内に列車は発車。中井係長の顔を見るひまもなかった。

新大阪・東京間一往復すると日給千七百円、二往復するとこれに二千百円加算される。一日で三千八百円、ひと月二十五日間出勤するとして月収九万五千円、これはいい稼ぎになると考えた。今は、とんでもなく世間知らずの胸算用だったことを後悔した。

新大阪駅からマイクロバスで五分。ようやく「レストラン日鉄」本社に戻ってこれた。長い一日だった。目を閉じると今もまだからだが揺れていて、ゴトン、ゴトン新幹線の轍の音が耳の奥で響いている。喜久夫は、今度こそ辞めることを伝えようと、着替えた制服を脇に挟み出発ロビーのカウンターに向かった。すると廊下で中井係長と鉢合わせになった。

「赤松くんやったねえ、キミ、合格や」

中井係長は喜久夫と顔を合わすなり、あっさりとそう告げた。

「人事部には今、採用の報告しといたからね、今日はほんまによう頑張ってくれました」

中井係長は喜久夫を上目づかいで見据えていた。

「あの、係長、あのそれであの」辞めますのでと言おうとしたのだが、

「あっ、それからねえ赤松君」

見透かしたように、中井係長が言った。

「赤松君にはパントリーやってもらいたいのや、キミの場合、車販よりビュッフェ作

業の方が向いてると思うんでね、じゃあ、がんばって」

中井係長は本部管理室のある第一業務部の部屋へさっさと消えてしまった。すると喜久夫のまわりにはつぎの乗務に急ぐ班のスタッフがざわざわと大勢廊下にあふれ出てきて、喜久夫は出口の方に押し出されてしまった。

翌朝、喜久夫は憂鬱なきもちで出社した。本部からパントリーの白い制服と白いゴム製の靴とキャップが支給された。乗務員控え室の壁面にある「身だしなみ鏡」の前に立つと、コックの格好をした喜久夫がいた。

喜久夫はこの日から二週間、研修生としてビュッフェに乗務することになった。十八班と二十二班に一週間交代で勤務。パントリー業務のイロハを仕込まれた。パントリーというのは、ビュッフェの厨房でカレーやスパゲッティ、コーヒー、紅茶などの軽食を担当する仕事だ。

ネルの布で濾すコーヒーの入れ方、カレーライス、スパゲティそれぞれの盛り方とその分量などを教え込まれた。

カレーの具やスパゲティソースなどは、あらかじめ本社で作られたものをビニール袋に入れ、或いは缶詰にされたものをビュッフェに積み込む。大鍋で湯煎したり、電子レンジでチンをするだけの作業だが、覚えることはたくさんあった。

たとえば乗務中、ライスが足りなくなると、ビュッフェ内で緊急にライスを急ぎ炊かなくてはならない。アルミ鍋に米を七合入れ電熱器で一気に炊き上げる。火加減の調節と水の量のバランス。コメの一粒もコゲが出来ないように炊き上げるコツなどだった。

十八班と二十二班での二週間、パントリーとしてのひと通りの研修期間を終了した。その日、新大阪の本社に戻ると、喜久夫は、二十二班の小野という班長に呼びとめられた。

「しかしどうもようわからんことがあるんや」

小野班長が改まった口調で喜久夫に言ったのだ。

「赤松くんは大卒やろ、それならどうして専従入社にしなかったんや」

喜久夫は「レストラン日鉄」の社員募集を新聞広告で見た。「専従入社」と「一般入社」の二つの入社枠があった。小野班長は、喜久夫は大卒なのになぜ「専従入社」ではなく「一般入社」で入ってきたのだと問いただしているのだ。「一般入社」は途中入社やアルバイトが主なのだ。

「専従入社やったら、赤松くんの場合、二年したら副班長、三年後には間違いなく班長になれる、給料も待遇も違う、僕が保証する、ほんまやで」

だれが考えても不利だとわかるのに、どうしてなのかと迫られた。

喜久夫は返答に窮してしまった。

「赤松くんは、この仕事ナメてんのとちゃうやろね」

小野班長が急に声の調子を変えた。

「ナメるなんて、そんなことはありません」

喜久夫は即座にこたえた。

「そしたらなんでや。専従入社にしたらまったく問題なかったはずやけど」

小野班長はしつこくつっこんできた。喜久夫はなぜだと聞かれても、こうなのだとはっきりこたえられず黙っているしかなかった。

「まあええわ、頑張ってやりや」

喜久夫のもたもたした煮えきらない態度につきあいきれないと思ったのだろう、小野班長は本部のドアを開けて出ていった。

喜久夫は、関西の私立大学を卒業して二年経つ。同窓生たちは次々に銀行や保険会社などの民間企業や官公庁へ就職が決まっていった。これから小学校の教師になろうとする者や、航空会社のパイロットになる夢を求めて就職口を選択していった者もいた。

喜久夫は彼らのことを、まぶしくもうらやましくも思ったことはなかった。引かれた線路の上を、疑いもなくただまっすぐに進んでいくことへの反発があった。社会にのみ込まれ、気がつけば自分ではない別の自分にすり変わっていることへのおそれがあった。卒業すれば就職。それが当たり前のことのように決められていることに反発を感じていた。喜久夫自身の、甘ったれた自尊心かも知れなかったが、頑なな動かしがたい心情でもあった。

十四日間の研修を終えて、六月三十日、喜久夫はいよいよ本採用となった。三十四班へ正式に配属。三十四班はなぜだか、班長はじめスタッフ全員が女性だと聞かされた。男性は喜久夫一人のみ、パントリーを任された。

三十四班に配属され、あっという間に一週間が過ぎた。仕事そのものは順調にこなすことができたのだが、班長の市田由紀子以外、スタッフの誰とも一度も目を見合わすことも言葉を交わすこともなかった。喜久夫が挨拶をしても聞こえないふりをして無視される。敬遠されているのがつらかった。女性だけの班に突然新入りの男が配属されてきたのだから、彼女たちの方が喜久夫に違和感を感じたのは当然だろうと思った。

班長の市田由紀子からは、乗務の始め方と終わり方、オーダーの受け方、皿、グラス、食器の仕舞い方まで、こと細かに三十四班流のやり方を教えられた。スタッフは何をするにも班長の市田由紀子の指示を待った。コックの金野宮子とは作業を共同でやらなければならないことが多く、口を聞かなくてはならないこともあったが、金野宮子は無駄なことは一切話さなかった。

ここは市田由紀子班長を頂点とする女性だけの独立国のようだった。喜久夫は息苦しさを感じていたが、何日かするうちに、ようやく接待係の染谷伸代が話しかけてくれるようになった。

「ハイ、オーダー入ります」

カウンター越しに染谷伸代が喜久夫に声をかける。染谷伸代は、色白で丸顔。くるくると動く丸い目にくっきり引いた濃いアイライン。分厚い唇にえんじ色の口紅、半分開いたその口から舌足らずのかすれ声が這うように転がり出てくる。

「ナポスパ、ワン、何でやろ今日はナポリタンばっかり、ほんとうになんか絶望的」

染谷伸代は喜久夫に接近してきて、小声でそう話しかけてきた。

彼女は「絶望的」という言葉をよく口にする。聞いている方はだんだん鼻についてくる。

「ハイ、ナポスパ、ワンお待ち」

喜久夫がカウンターにナポリタン・スパゲティを上げる。伸代がさっとひろい上げトレイに載せお客の席へ。列車は窓側の固定席もカウンターの立ち席も満席だ。淡い水色の制服の伸代がお客の間を舞うように動き回る。

午後七時台の「ひかり号」では、上り下りいずれの場合もビュッフェは超満員、忙しさはピークになる。伸代だけでなくスタッフ全員、間違いを許されず気を張りつめたまま働き続ける。弱音を吐くものは誰もいない。よく続くものだと感心する。見ると、伸代のアイラインが溶けて黒い涙のように頰を伝っている。

新幹線ビュッフェはどの列車も構造が同じはずなのだが、乗務する班によってそれぞれが別のビュッフェに見えてくる。

三十四班に入って驚いたことがあった。「ナスビ」の存在だった。七日目の乗務の日に喜久夫は「ナスビ」の存在をはじめて知ったのだ。

ビュッフェの業務はほぼ恒常的に忙しいのだが、何かのタイミングで客足がパタリと途絶えることがある。喜久夫が洗い終えた皿を壁面の棚にしまっていた時だった。染谷伸代が妙にニヤニヤして喜久夫に近づいてきて「ナスビ」ウフフと言った。何だと思う間もなく、伸代はカウンターの内側の床にしゃがみ込みタバコを吸い始めた。何をしているのだと不思議に思った。すると「あたしも」とレジの邦川よね子が伸代のとなりにしゃがんでタバコに火をつけた。「じゃま、どけよ」とコックの金野宮子が邦川よね子と伸代の間に強引にお尻をねじ込みしゃがみこむ。これが「ナスビ」だった。

喜久夫の位置からは「ナスビ」をぜんぶ見渡すことができる。車販の貝谷裕子が戻ってきた。ワゴンを売店の横に止めると、急ぎ足でカウンターの内側に飛び込んできて、すでにしゃがんでいる三人の上に倒れこむように座る。「キャー」と先にいた伸代や宮子が貝谷裕子を受け止める。華奢で清楚な感じの貝谷裕子がタバコに火をつけ吸いはじめる。

「ナスビ」と暗号のように呼ばれる秘密の休憩所はたちまち女性四人でぎゅう詰めになり、しゃがんでからだを寄せ合いいっせいにタバコを吸っている。むせかえるようで、どこか艶かしい絵になる風情だった。

中央の長いカウンターと、壁面に設置された大きな冷蔵庫との間にあるスキマ、幅約八十センチ、長さ約百二十センチほどのわずかな空間だが、彼女たちが床にしゃがみ込んでいても、カウンターの外側のお客側からは、どの位置からも完全に死角になって見えない。冷蔵庫の上には強力な換気扇が回っていて、タバコの煙も大して気になることもない。よくこんな空間を見つけだしたものだ。班長の市田由紀子も時々ここにやって来て座って目を閉じていることがある。なぜ「ナスビ」なのかというと、床の色が濃紺のナスビ色をしているからだ。

新幹線が走り出せば、ビュッフェ・スタッフの休憩できる場所はどこにもない。スタッフの休憩場所などはじめから考えられていないのだ。喜久夫は、最初「ナスビ」を知ったときは驚いてしまったが、だんだん彼女たちが不正なことをしているようには思えなくなった。

女性のお客が四人入ってきてビュッフェ内が急に騒がしくなった。伸代がさっと立ち上がり「ナスビ」を飛び出して行った。貝谷裕子も車販に出かけて行く。「ナスビ」は元のカウンター裏のせまい通路に戻った。

　コックの金野宮子は、ボーイッシュに髪を短くしていて、白い帽子と調理服を着ているから、遠目には男性に見えてしまうようだ。

「お兄さん、ハンバーグのソースが少なすぎるわ、もう少し足してくださる」

お客から直接皿を戻されたことがあった。宮子は、ハンバーグソースを多めにひたひたに足すとカウンターの上にガタッと乱暴に投げ返した。

「お兄さんじゃねえって言ってよね」

宮子は班長の市田由紀子に小声で八つ当たりしていた。

「すみません、お待たせしました」班長はお客に皿を差し出す。すると厨房の奥でガシャンと大きな音がした。宮子がカウンター下の野菜の入ったトレイを蹴飛ばしたのだ。「お兄さん…」と呼ばれたことがよほどしゃくに障ったのだろう。それにひとことも客に訂正してくれなかった由紀子への抗議でもあった。

　コックの宮子と班長の市田由紀子は京都府宮津の出身で、高校の先輩と後輩である。宮子は由紀子を頼ってこの会社に就職してきた。宮子は五年の経験だが、二十二歳。

車販も接待もしたことがなく最初からコックひと筋だった。

市田由紀子はレストラン日鉄に入社して十年になる。昭和三十六年、東海道本線「特急つばめ」の車内販売から始めて、その三年後の新幹線開業当初からビュッフェに勤務している。ふっくらしたからだに班長が着る黒のスーツ、黒の蝶ネクタイの由紀子は、見るからに班長の風格があったがまだ二十八歳だった。

ビュッフェにはさまざまなお客がやって来る。この日も、午後一時二十五分東京発下り新大阪行ひかりに、男性アイドル歌手がやってきた。

突然のアイドル歌手出現に、ビュッフェ内の空気がガラリと変わった。どの席もほぼ満席だったが、女性のお客が一人、気を利かせて窓側の固定席を譲ってくれたのだ。班長の由紀子が接待をした。アイドル歌手は席に座るとサンドイッチとコーヒーを注文した。アイドルの背後には、ボディガードかマネージャーだろうか、屈強なスーツ姿の大男が二人、周囲に睨みをきかせ立っていた。いつの間にかビュッフェの両側の出入り口周辺がザワついていた。アイドル歌手の追っかけファンたちの嬌声がだんだん膨らんでいく。

専務さんと副専務さんが二人、少ししてやってきて、ビュッフェへの出入りを規制しはじめた。それでも二名の女性客がビュッフェ内になだれ込んできてカウンター席でコーヒーを注文した。

アイドル歌手は周囲のざわめきをまったく気にせず、何事もないかのようにコーヒーカップを手に窓の外の景色を眺めている。

「お代わりお持ちしましょうか」由紀子班長がアイドル歌手に声をかけると、班長を見上げてアイドル歌手は何事か話しかけている。すぐに班長が喜久夫の方に戻ってきて、こんなことを言っていたと話してくれた。

「じゃあ、もう一杯お願いしようかな」と言ったあとで、

「自分は一人で街中(なか)へ出かけることはできない、けれど新幹線のビュッフェは、ここだけは、自由に出かけられる唯一の街で、行きつけのお店なんです」

班長と喜久夫が話すそばで、仲代とレジ係の邦川よね子も聞いていた。

アイドル歌手が席を立ち、スーツ姿の男がレジで支払いをする。

「ありがとうございました、またいつでもお越しください」

班長の由紀子がそう声をかけると、アイドル歌手の方から「ごちそうさまでした、また来ます」と由紀子班長と握手をし、丁寧に一礼するとビュッフェを出て行った。

この間約十二分。ビュッフェにいた女性客の「キャー」という声。専務車掌が出入り口の規制を解く。アイドル歌手が出ていくと、ドアの外側で待っていたファンの嬌声がいっせいに響いた。

「かわいそう、籠の鳥やね」

邦川よね子が小声でそんな風に言った。

「何がかわいそうよ、私らだってみんな籠の鳥じゃない」

と、染谷伸代。

「自由にどこにも行けないのよ、かわいそうやと思うわよ」

と、邦川よね子が言う。

「その代わりお金がガッポガッポ入ってくるじゃない」と伸代。

「でも自由がある方がいいわよ」

「自由なんかなくてもいいわよ、お金よ、世の中はお金、お金があれば何だって出来るのよ、ねえ、喜久ちゃん」

伸代が急に同意を求めてきたが、喜久夫は笑ってごまかした。

染谷伸代と邦川よね子のやり取り。アイドル来店の興奮は後を引くようにしばらく残っていた。

その直後に別の騒ぎが舞い込んだ。車販係の補助をしていたアルバイトの女子学生が、今にも泣き出しそうな顔でビュッフェに戻ってきたのだ。両手でアイスクリームの入ったアルミ製の籠を下げたまま、班長に何事かを訴えている。そして班長と女子アルバイトは後方の車両へすぐに急いで出ていった。それから五分としない内に戻ってくると、由紀子班長は下唇を噛み、困り顔で喜久夫の方へ近づいてきた。

グリーン車のお客がアイスクリームを買った直後に、「溶けているではないか」と腹を立てたらしい。女子アルバイトがまず矢面に立たされ、責任者をここに連れてこいと怒鳴りつけられたというのだ。

「申し訳ございません」由紀子班長がすぐに行ってあやまった。

「女はいいから男が説明に来い、男はおらんのか」

お客は、女性の班長があやまりにやって来たことで、火に油を注いだように、あたりはばからず大声でわめいたらしい。

班長は、専務車掌の出番かと考えたが、アイスクリームが溶けていたとなると商品の不備となってしまうのでやめた。ビュッフェに男は喜久夫しかいない。班長の由紀子はとにかく喜久夫にいっしょにお客のところへ行ってほしいと懇願したのだ。

「イヤですよ、そんなん出来ませんよ」

喜久夫はさすがにそんなところへ頭を下げにいく気にはなれなかった。班長は喚いている男はテレビでも見たことのある保守系の国会議員だとつけ足した。

「よけいにイヤですよ、そんな」

喜久夫はイヤイヤを繰りかえした。

「そんなお客に頭を下げに行くことなんかないわよ、アイスクリームは時間がたてば溶けるものよ、無視したらいいのよ」

染谷伸代が割り込んできた。

「男があやまりに来ないとダメだと言うのよ、ね、喜久ちゃんお願いします、喜久ちゃんしかいないのやから」

由紀子班長は、引き取ってきたカップアイスの蓋を開けて喜久夫に見せた。アイスクリームはすでにドロドロに溶けていた。

「ほら、ね、お願い」

班長は喜久夫に頭を下げた。

「喜久ちゃん、アンタ男やろ、いっしょに行ってあげてよ」

ついさっき「頭を下げに行くことなんかない」と言っていた仲代が、今度は逆のことを言った。女の人はわからないことが多すぎるのだ。

喜久夫は、グリーン車のお客がいる席に近づきキャップをとって頭を下げた。

「国鉄はもっと良心的にやらんと、ダメだろ」

頭を下げる喜久夫に、お客はシートに座ったまま怒っていた。たしかにテレビで見たことのある衆議院議員だった。よく周りの席を見ると、そのとなりの男は見たことはないが、向かい合わせに座るお客も、通路をはさんだ側にいるお客も、政治家の一団だった。

「以後気をつけますので」

由紀子が喜久夫の後ろで深々と頭を下げた。

「もうよかよか、アイスクリームは溶けるもんだし、な」

ダハハハと衆議院議員は急に物分かりのよい紳士に変身して喜久夫を見上げて笑った。派手な縦縞の紺色のスーツにえんじ色のネクタイ。小柄で小太り、黒縁メガネ。グリーン車の広々とした座席に短い足を組んで座っていた。となりの男も笑って喜久夫たちを見ていた。

ようやく班長と喜久夫はビュッフェに戻ってきた。こんなに間近に国会議員を見たのははじめてだったが、退屈しのぎにからかわれているようで後味の悪さだけが残った。

今日はもうこれ以上何も起きませんように。通常の業務を普通にこなしていくだけでも体力も気力もすり減ってしまう。お客のクレームが重なると疲れは倍加する。ようやくビュッフェのお客が半分ほどになっていた。しかし今日は、これだけでは終わらなかった。

下りひかりが豊橋駅を通過した頃だった。上方落語の師匠がふらりと一人でビュッフェに現れたのだ。喜久夫もテレビでよく見知っている落語家だった。赤い顔をして窓側の固定席に座る。

「カレー・スパゲッチちょうだい」

大きな声でそう注文したのだ。伸代がオーダーを受けたが、そんなメニューはありませんので、ほかのものならいけませんかと応じると、師匠が急に怒りだしたのだ。

「わしはな、そういう言い方にカチンとくるんや、たとえメニューになかってもや、カレー・スパゲッチくらい作るの簡単やろ、ええ、アンさん、どないや」

師匠は仲代を指差して声を荒げる。ビュッフェ中に響きわたる大声だ。ビュッフェ内は七割方お客で埋まっている。

師匠は相当に酔っている。仲代は蛇に睨まれた何とかで、立ちすくんだまま動けなくなっていた。

「おねえちゃん、ええか、あのな、どたまの堅いこと言うとったらあかんで、な、そんなんやから国鉄はいつまで経ってもアカ抜けせんのやから、な、わかるか」

師匠の大声に仲代はたじろいでいた。すかさず班長の由紀子が師匠に近づいて行き、「カレー・スパゲティ、ワン」

喜久夫にオーダーを入れたのだ。

「どうも申し訳ありません、すぐにご用意いたしますので」

由紀子は仲代にウインクして背中を叩いて後ろへ下がらせる。

「あのな、わしは毎月いっぺん新幹線で東京へ行っとるんや、な、今は大阪へその帰りちゅうわけや」

師匠の話し方はさすがに堂に入っていて、落語の演目を聞いているような話し方だった。

「なんで世の中、こないに融通が効かんようになったのかちゅうこっちゃ、な、わしは情けのうて、情けのうて、な」

酔って目を赤くして涙を流さんばかりに由紀子に訴える。

「ハイ、ほんとうに申しわけございません」

由紀子は笑って巧みに師匠の話をかわす。

トラブルは一旦危機を回避したかに見えたが、師匠は続けて熱燗を二本注文した。熱燗も喜久夫の担当だ。イヤな予感がしたのだ。窓際の固定椅子に座る師匠は、語気荒く傲岸無礼な酒乱そのもの。もはやテレビで見る味わいのある噺家ではなかった。

ガラス徳利の一合の熱燗などものの五分で空にし、さらに二本追加する。この間にカレー・スパゲティができ上がる。班長が配膳したが、師匠はもはやメニューにないカレー・スパゲティを注文したことなど眼中にない。周囲のお客が徐々に席を立っていく。

「ようコック君、あんたも一服して、こっちへ来て一杯やらんか」

師匠が手招きして喜久夫に盃を差し出す。『来た』と喜久夫は身構えてしまう。

「仕事中ですので」と断ると、

「あんた、国鉄に入って何年になるのや」と返ってきた。

「私らは国鉄職員ではなくて業者の者です」

そうこたえると、

「なに業者、そうか、まあどっちゃでもええけどな…、理屈を言うな」

師匠は喜久夫を大きな目でにらみ、太い声で怒鳴った。

「ええから、一杯だけでもつきあったらどないやねん」

「それは出来ませんので、あの、カレー・スパゲティ伸びてしまいますので」

喜久夫は手付かずのカレー・スパゲティを手で指し示した。

「わ、わかっとるわい、いちいちえらそうに、スカタンな男や」

師匠は怒りをあらわにしたが、はじめて自分が注文したカレー・スパゲティの皿を見ると手元に引き寄せた。

「あのな、ねえさん、わし、箸の方がええねん」とフォークを由紀子に返す。由紀子は箸をさし出した。それから熱燗をもう一本注文した時に、ドアが開いて若い付き人が二人ビュッフェに入ってきた。

「師匠もうこの辺で」と促す。

「じゃかあしゃいアホンダラ、人がここちよう飲んどるのや、じゃますんな、ボケ」

大声で弟子らを追い返そうとする。それからさらに熱燗をもう一本注文するのだった。

お客は数人残すのみで、ほとんどのお客がビュッフェを出て行ってしまった。班長の由紀子が喜久夫に、熱燗を中止するよう指でバツのサインを送っている。喜久夫は燗を取りやめた。

「あっ、見てみ、あれ、空飛ぶ円盤ちゃうか」

師匠は窓の外の光景を見やりながら大声で言った。窓の外はまだ午後の明るい陽射しに包まれている。喜久夫も窓の外を見た。班長も伸代もみんな車窓に顔を近づけた。迎えにきた付き人も遠くを見ている。関ケ原の手前で、光る何かが東の方角へ銀色に煌めきながら飛んでいる。

「空飛ぶ円盤やろ、な、ほれ」

師匠は興奮している。

「師匠、ジェット機ですよって」

後ろで若い付き人が制止するように言う。

「アホンダラ、円盤やろアレ、よう見さらせ！」

師匠が怒鳴る。

「あのう、お客様、あれはジェット機だと思いますが」

由紀子班長は静かに師匠にそう声をかけた。

「ええがな、空飛ぶ円盤にしときいな、なあ、その方がおもろいがな、ちゃうかダハハハ」大声で笑う。

「おもろないなあプラスチックちゅうのは」

師匠は、今度はプラスチック製の固定椅子に座ったまま、からだを前後に激しく揺さぶる。由紀子が見てみないふりをしていると、バキッと音がして椅子の背もたれにヒビが入った。ようやく連絡した専務さんが現れて、師匠は弟子に両側から抱えられグリーン車に連れ戻されて行く。

「いのーちみじいかああし、恋せよー乙女、かー、あーつきいくちぃびる、あせぬまに、かー」歌をうたい「上手いなあ」などとひとり相づちを打ち悦に入っていた。

ひかりは京都駅に到着。ビュッフェは営業を終了した。砂漠を延々歩きつづけてきたような一日、スタッフそれぞれ言葉少なだった。

「まー、笑うしかないわ、ふふふふ」班長の由紀子は、伸代やコックの宮子らほかのスタッフに声をかける。


それから二カ月間、三十四班には小さなトラブルは数々あったが、とり立てて大きな出来事はなかった。

五月二十七日だった。その日の午前中、上り東京行きこだまのビュッフェのシンクに水漏れが出た。乗務してすぐに喜久夫の足元に水が染み出してきて、床が水浸しになったのだ。排水パイプがつまっていて、下のタンクに流れ落ちないのだ。水がじわじわ溢れ出している。名古屋駅で工務係員が乗り込んできて修理をし、水漏れは止まり、なんとか営業を続けて東京駅に到着した。

同列車は、十四時五十分東京駅発こだま二二〇号新大阪行として折り返し発車した。新横浜駅からビュッフェは営業を開始し、すでに窓側の席が満席になっていた。下りこだまが新横浜駅を発車してほどなくしてからだった。速度が上がり切った辺りで、ガクンとブレーキがかかり、時速一〇〇キロくらいに速度を落としていく。しばらく速度を落としたまま走りつづける。三十四班はいつも通り業務をつづけていた。

「お急ぎのところたいへんご迷惑をおかけしております。ただ今、こだま二二〇号新大阪行は管制室の指示により徐行運転をつづけております。詳しいことがわかり次第お知らせいたしますので、今しばらくお待ちくださいませ」

専務車掌のアナウスが流れた。平常運転時にはない緊張した声であることがわかった。

こだまはやがて小田原駅に緊急停車した。時刻は十五時三十分。そこから三十分間停車したままだった。班長の由紀子が専務車掌室に呼ばれ、そのまま戻ってこなかった。ビュッフェの中はいつも通りの営業を続けていた。取り立てて変わったことは何もなかった。

ビュッフェのお客から、どうして停車したままなのか喜久夫にたずねてくるが、もちろんこたえようがない。ようやく班長の由紀子がビュッフェに戻ってきて喜久夫の耳元に囁いた。

「爆破予告」だと言う。喜久夫は胸がズキンとした。映画やテレビドラマではない、訓練でもない、今まさに目の前にある現実だった。班長の由紀子の伝聞はたちまちスタッフに広がった。

「ちょっと喜久ちゃん、どういうこと」

仲代が喜久夫にたずねてきた。車販の貝谷裕子がワゴンを押してビュッフェに引き上げてきた。

貝谷裕子が戻ってきたのとほとんど同時に鉄道公安官が三人、ビュッフェにドカドカと入ってきた。お客に急いで小田原駅のホームに出て待機するよう指示している。

ビュッフェが騒然となり空気が張りつめた。

「みなさますぐに退避をお願いいたします」

班長の由紀子がビュッフェに残っているお客に声をかけ、ホームに出るよう誘導した。スタッフも避難のために出口に急いだ。

「なんでだ、どうしてだ」

お客の何人かが由紀子に迫っていた。

なぜか喜久夫一人だけが、ビュッフェに残された。鉄道公安官がカウンターの内側の厨房に入ってきて、すぐに電熱器のスイッチを切るよう言い、流しの下の扉を開けるよう喜久夫に指示した。

「きょう排水管の修理をしたんだって」

緊張した声。喜久夫を凝視する目だった。

「はい、やりましたけど」

喜久夫は、自分が疑われているのではと思った。鼓動が早打ちしている。

鉄道公安官が、懐中電灯でシンクの下を念入りに調べている。別にそれらしいものは見つからない。皿やグラスの並んでいる壁面の戸袋。生ゴミの入ったポリ袋の中まで棒を突っ込みかき回している。電子レンジと冷凍食品を入れたアルミ製のトレイがいくつも収まっている棚を調べる。喜久夫は野菜を入れた大型のトレイと、同じくスパゲティの麺の入ったトレイを言われるままにカウンターの上に上げていった。レジ下の棚の奥と「ナスビ」の背中側にある業務用冷蔵庫、ビン類と缶類をぜんぶ外に出し調べている。

その時、鉄道公安官のトランシーバーに音が響いた。ひび割れた声で何か言っている。「了解しました」と公安官が他の二人に「マルハツ！」と合図を送り、三人は急いでビュッフェを出て行った。喜久夫にも急いで外に出て列車から離れるように言った。「マルハツ」とは発見されたということだろうか。喜久夫は開けられたビュッフェの非常ドアからホームに出ると、急いで近くの階段を駆け下りた。階下の連絡通路に、下車した大勢のお客がいて、その中に班長や仲代たちスタッフの姿を見つけた。

誰かが電話で時限爆弾を仕掛けたと電話してきたのだが、予告通りの不審物が三号車後方のゴミ箱から発見されたようだ。爆発物らしきものは重装備の警察官が鉄の箱に入れ、列車から一旦小田原駅のホームに降ろされると、台車に乗せて運び出されて行った。

本物だったらすでに下りこだま号は爆破され大惨事になっているところだ。喜久夫や三十四班のスタッフも巻き込まれていただろう。

ゴミ箱から、きっちりと包装された最中（もなか）の箱が出てきたのだ。中身は、石ころを入れたビニール袋と新聞紙だった。その後犯人からの連絡はなく、手がかりもなく犯行理由もわからないまま終了した。ただの悪ふざけ、どこかで笑って見ているヤツがいたのだろうか。

専務さんから、問題なく解決しましたのでと班長やスタッフに報告があった。業務再開になったが、喜久夫にとっては問題だらけだった。電熱器を切ったため、食材の多くは一から温めなおしになった。サーバーのコーヒーも冷めてしまっていた。

当初、シンク下の漏水を修理したことが疑われたらしい。喜久夫も不審者の一人にされていたのかもしれない。しかし、排水口に何かが詰まっていたのを修理してくれたのは名古屋の工務係員だった。疑うなら工務係員も同様ではないのか。

こだまは小田原駅に一時間半停車していた。新幹線のダイヤがかなり乱れた。ようやく運転を再開し動き出したが、お客の何割かは小田原駅で一旦下車し、次のこだまに乗り継ぐことになり、お客の数は極端に少なくなった。

それでも貝谷裕子の業務再開のアナウスとともにお客がビュッフェにあふれて、たちまち大忙しになった。午後七時、新大阪着の予定が一時間半遅れということは、午後九時頃の着となる。本社へ戻って後片付けを終えると十時を過ぎるだろう。残業手当はもちろん危険手当のような特別なものはなにもない。

「こんな日もあるのよ」と何かあるたびに由紀子班長は同じことを言う。スタッフへのなぐさめなのか、それとも口ぐせなのか。いずれにせよ今日は、ロクでもないことばかり起きた。喜久夫も宮子も伸代も疲れをどっと溜めこんで、新大阪駅に着く頃には、みんな無口になっていた。

十月に入ると、喜久夫は仕事そのものにも慣れ、三十四班のやり方にもすっかり馴染んでいた。女性だけの班であることの難しさも、少しはわかるようになってきた。ここには最低限のタブーがある、女性ならではの極めてセンシティブな対応だ。年齢や体形や髪型や服装やお化粧のことには絶対に触れてはならない。突然、体調不良のまま乗務することがある。生理の日だが、スタッフどうしが彼女のことをかばうように、それとなくフォローをしているのがわかる。喜久夫には、女性だけに通じる生理的な了解がなんとなくわかるような気がしてきた。

レジ係の邦川よね子が急に欠勤になると、洒落にならないくらい大変なことになった。班長の由紀子と接待の染谷伸代が交互にレジを打つのだが、打ち忘れや打ちまちがいが出る。後で本社での精算時に、レジの記録と売上げのつじつまが合わず、なかなか退社させてもらえなくなることがあるのだ。

誰が欠けてもこの班は順調に回らなくなることがよくわかった。

ビュッフェ業務には正月も盆休みもない。そのために三日に一日の休みと、月に一回三連休が各班に割りあてられている。

六月の中旬、三十四班は三連休に入っていた。その連休第一日目に、スタッフ四人が入寮している女子寮で誕生日会が予定されていた。喜久夫は部外者だったが、たまたま班長の由紀子と誕生日が同じだったので招待されていたのだ。

ところがこの日喜久夫は、急遽二十五班への応援乗務になってしまって、誕生日会には終了しだい駆けつけることになっていた。

パントリーがケガをして、なかなか代役が見つからず、喜久夫に指名が回ってきたのだ。

二十五班の班長は髪をオールバックにした気取った強面の男で、黒のスーツに黒の蝶ネクタイをし、カウンターの内側にどかっと立ち、スタッフの様子に目を光らせている。レジ係の女は、制服に、ひとりだけ首に銀色のスカーフを巻き勿体ぶった様子で立っている。喜久夫が話しかけても、知らぬ顔でツンと気取って喜久夫のことを無視しているのだ。こんなところで気取ったって仕方ないだろうと思うのだが、この二人が、ビュッフェの中央にどかっと仁王立ちし睨みを効かせている。なんだか感じの悪い班だった。

若い女性一人と若い男二人が接待係をしているが、どちらも二人の上司を気にして、ぴりぴり神経を尖らせているのがわかる。喜久夫は黙ってパントリーをこなすことにした。

喜久夫のすぐそばに「ナスビ」がある。気取ったレジ係の女が立っているすぐ横にあるのだが、この班は、どこからも死角になって見えない「ナスビ」というくつろぎの空間があることに気づいていない。おそらく「ナスビ」の存在を知っているのは三十四班だけだと確信することができた。

こだま二〇五号の乗務は午後四時三十分終了した。この班でまともに話ができたのは、今日一日相棒になった清水という三十歳のコック一人だけだった。コックの清水と喜久夫は、新大阪駅から幌付きの業務用トラックに乗り本社に戻る。使用した機材の後片付けをするためだ。

これから三十四班の祝い事があるのだと事情を説明すると、それなら洗い場の作業だけやってくれたらいい。厨房へ着替えを持ってきて、そこで着替えをしたらそのまま帰ってもいいよと言ってくれた。清水はなかなか気のいいコックだった。

喜久夫はロッカールームへ行き、着替えの服と靴をショルダーバッグにつめ込み、洗い場まで持って戻ってきた。洗い場は、厨房の勝手口のすぐ右側にある。通路を隔てた左側の壁際には一斗炊きの高圧ガス炊飯器が四機並んでいる。約八升の米をわずか二十分で炊き上げる強力な炊飯器だ。セットしてボタンを押すと自動でハンドルが回転し重い上蓋をドスンと閉じ、自動的にガスに点火し、炊き上がるとベルが鳴り知らせる仕組みだ。

喜久夫は洗い場でコックの清水と二人で、大きなアルミ製のバットやトレイや鍋を一つ一つ洗っていった。

「もういいよ、あとはこっちで何とかするから」

コックの清水はそう言って、洗い終えた調理器具をワゴンに乗せると、厨房奥の設備室に入って行った。一つ一つ大判の布巾で拭き、設備室の決められた棚にしまっていくのだ。

さて、急いで着替えをしなくてはと、喜久夫はショルダーバッグを置いた場所を見たのだが、バッグが見当たらない。確かにその場所に置いたはずなのに。黒い布製の大きくふくらんだスポーツバッグ。周辺を探してみたがどこにもない。もしかして盗られたのではと疑ったが、この時間帯に厨房にいたのは喜久夫とコックの清水の二人だけだ。盗まれるということなどない。それにしても不思議だった。

ショルダーバッグを置いた場所というのは、四機並んだ高圧ガス炊飯器のすぐ上、壁に張り出た一枚板の棚の上なのだ。炊飯器は、今はすでに火をゆるめシュシューと泡と湯気を吹き上げながら蒸らしに入っている。

喜久夫はまさかと思った。ロッカールームからショルダーバッグを持ってきて棚の上に置いた時、米の入った炊飯器には水が張ってあり、まだ蓋は開いていた。

コックの清水は調理器具の片付けのために奥の設備室に入ったままだ。広々とした厨房の中には喜久夫以外誰もいない。一か八かだった。四器ある内のいちばん右端の炊飯器だ。ロックの安全バーを引き上げ、手動で回転式のコックをクルクル回すとゆっくりと蓋が開いていく。重い蓋が開くと、ボーッと勢いよく湯気が吹き上がり、目の前が何も見えなくなり熱くて顔を近づけられない。やがて湯気が少しおさまると、炊きたてのライスの表面が湯気の中に浮かび上がる。見るとまっ白なライスの表面に、黒いストラップがS字を描いている。戸惑っている猶予はなかった。熱くて火傷しそうなのを覚悟してストラップに指をかけ一気に引き出した。

喜久夫の黒いショルダーバッグが米といっしょに炊きあがり湯気を上げている。バッグの中にはGパンもTシャツもパンツも靴もみんな入っている。どうしたらいいのだ、喜久夫はすでに全身汗まみれになっていた。

すぐに次の乗務を終えた班が厨房に入ってくるはずだ。喜久夫はとにかくロックの安全バーを下ろした。すると自動的に蓋がゆっくり閉まっていく。万事休す。このまま出ていくしかなかった。

喜久夫は勝手口の通路でバッグから出した服に着替えをした。下着もジーパンもシャツも靴もまだ湯気を上げていて熱かった。脱いだ制服と靴を勝手口にある籠に入れ、喜久夫は急いで厨房を出た。

入れ違いに後続の班が乗務から戻ってきて、マイクロバスからスタッフが大勢下りてきた。間一髪だった。調理室の洗い場にドカドカと使用済みの調理器具が運び込まれ、静かだった本社の入り口付近が一気に騒がしくなった。

喜久夫は新大阪駅まで急ぎ足で歩いた。時刻は六時前で夕暮れの明るさがほのかに残っていた。ライスと一緒に炊いてしまった喜久夫の服にはまだ余熱があって、ライスの臭気が鼻をつく。途中、児童公園の水場でバッグについたご飯粒を洗った。バッグの中で、読みかけの本、五木寛之の『かもめのジョナサン』と新聞紙がふやけて倍くらいにふくれ上がっていた。

やっぱり正直に事務所に知らせるべきだったのでは。とんでもないことをやらかしてしまった。後悔がふつふつ湧き出してきた。

まったくこれは不可抗力というものではないか。だったらバッグといっしょに炊きあがったライスはどうなってしまうのだ。そのままライスジャーに移されビュッフェに運ばれ、やがてお客の口に入ることになるではないか。喜久夫は歩きながら呵責と弁解を繰りかえす内に、新大阪駅まで来ていた。地下鉄御堂筋線で一つ先の駅まで行く。駅前の電話ボックスから寮にいる班長の由紀子に連絡をした。

「レストラン日鉄」女子寮へ行くのははじめてだった。男子禁制だというが特別な決まりも何もない。女子寮と呼んでいるだけで、見た目はどこにでもある二階建てのアパートだった。

喜久夫はいよいよ玄関先まで来て躊躇した。やっぱり引き返そうかと思った。瞬間玄関のドアが開いて染谷伸代が出てきた。

「わっ、くさっ、喜久夫、くさいー」

喜久夫に鼻を近づけ、伸代はいきなりそう言って鼻をつまんだ。

「ウッ、ごはんくさ」

伸代はさらにそう言った。

喜久夫は自分の着ている服から発する臭いが、時間がたつにつれだんだん強くなっていることに気づいていた。

「なに、この臭い」と、仲代に促されて喜久夫は班長の由紀子の部屋に入った。左に台所があり、右側の四畳半に小さな座卓が置いてあり、由紀子がいて、金野宮子と貝谷裕子の三人がいた。遅れて仲代も部屋に入ってきた。部屋はきちんと片付けられていて、化粧の匂いが充満している。やっぱり気まずい思いがして喜久夫は部屋の前でボーと立っていた。由紀子は喜久夫にこちらにきて座るように促す。テーブルには飲み物とグラスと小皿が並び、大きなバースデーケーキがまん中に置いてあった。

ようやく喜久夫が腰を降ろすと、さっそくビールで乾杯した。貝谷裕子はアルコールがダメなのでグラスにファンタグレープが入っていた。バースデーケーキのロウソクに火が灯る。毎日顔を合わせてはいるが、私服姿の彼女たちを見るのははじめてだった。なんだか初対面の別人のようできまりが悪い。貝谷裕子はGパンの上に白いブラウス、仕事中髪をアップにして帽子を被っているからわからなかったが、長い髪を後ろでひとつにまとめている。車販の時の目立つアイドル顔ではなく、今は薄化粧の高校生のように見える。仲代の顔からもアイラインが消え、ふっくらとした穏やかなた。

表情をしている。由紀子も普段は髪をアップにしているが、今は長い黒髪を自然に流し、顔が半分ほど髪に隠れて細面のなかなかの美形に見える。仕事中はそれぞれ大人びて見えているが、しかし今は喜久夫とさほど変わらない年相応の若い女性たちだっ

　ハッピー・バースデーの歌を歌い終えると、

「どうでもええけど、喜久ちゃん臭くない」と喜久夫のとなりに座っている伸代が鼻を近づける。

「ほんま臭い、なんの臭い」

　由紀子が喜久夫の臭いを嗅ぐ。喜久夫はどうしたものか口ごもってしまった。

「えらいことを仕出かしました」

　喜久夫は、思い切って話すことにした。ここにやって来る前に起きたウソのようなほんとう話の顛末についてだった。本社で後片付けをしていた時に、厨房の高圧ガス炊飯器の中にショルダーバッグが落ち、コメといっしょに炊けてしまったのだとありのままを話した。

「バッグの中には、着替えの服と下着と靴と本が入っていまして」

だからどことといわずからだじゅうにごはんの臭いが染みついているのだと打ち明けた。

誕生日会は、一瞬白けて時間が止まったみたいにしーんとなった。喜久夫の話している内容がすぐにはのみ込めない様子で、みんなポカンとしていた。

「それで、そのバッグといっしょに炊けたコメは」

本当は炊飯器のふたを閉めてそのままにしてきたのだが、ぜんぶ残飯用のポリバケツに捨ててきたとウソをついた。

バースデーケーキのロウソクが燃えて半分ほどになった時に、由紀子がようやく口を開いた。

「喜久ちゃん、その話、私らを笑わそうと思って作ってるのとちゃうの」

と言い出したのだ。

「あのねえ、ショルダーバッグとおコメを炊飯器でいっしょに炊いたなんて、そんなの聞いたことないわよ、ねえ」

由紀子が宮子や裕子に同意を求める。もしかしたら怒り出すのではないかと気になったのだが、由紀子班長は冷静だった。

「本当なんですよ」

喜久夫が真顔で言うと、みんな黙って顔を見合わせていたが、貝谷裕子がプッと吹き出して押し殺したように笑いだした。すると宮子もブーッと笑い始め、口元からビールの泡が吹き出た。

「喜久ちゃん、ほんまやの、その話」

仲代が少し遅れてそう言った。

「とんでもないことを、やってしまいました」

喜久夫は真顔でさらに打ち明けた。すると仲代が笑い出した。

「いくら変わった人でも炊飯器で米とショルダーバッグをいっしょに炊いた人なんかおれへんよ」

由紀子は懸命に笑いをこらえていた。

「ショルダーバッグが炊飯器の中に棚の上から落ちたのやったら、チャボン、とかボチャンとか音がしなかったの」

と、金野宮子が言う。

「ボチャンだって」と、由紀子もいっしょにみんなが笑いだした。

喜久夫が、それでいま着ている服がライスといっしょに炊けたもので、たまらなく臭くて、乾いてきてだんだんパリパリになってきて不快なのだと説明した。

「それ、糊が効いてきたってこととちゃうの？」

金野宮子が、そう言ってまたカラカラと笑った。

「糊が効いてきたやて」と、貝谷裕子が笑うと、またみんながいっせいに笑い出した。

「喜久ちゃんその服そのまま着てるの」

「はい」

「ハイやて」

ひとりが笑い始めるとつられて誰かが笑い出し、笑いの連鎖が止まらなくなった。

「喜久ちゃんて、かしこい子やと思てたのに、けっこうアホやね」

貝谷裕子が追い打ちをかけるように言ってまた笑った。

「よかったわ、喜久ちゃんも私らとおんなじアホで、アホでマジメ、アホマジメ」

仲代がそう言うと、

「アホマジメやて」

と貝谷裕子が腹を抱えて笑って、畳の上にころりと転がった。

「洗濯したげるから、これに着替えてよ、ハイ」

由紀子が自分の黒のジャージーの上下を喜久夫に投げてよこした。着替えた服を伸代が洗濯室で洗ってくれることになったのだ。

ショルダーバッグを炊飯器に落としてしまった事よりも、炊けた約八升分のライスをそのままにしてきた事にやりきれなさを感じていた。「アホマジメ」ではなく、喜久夫は自分はただの「アホ」だと思った。

「こんなに笑ったの久しぶりやわ」

「ほんまやわ、笑いすぎて、あたし、ああ、お腹が痛い」

やがて笑いがおさまった。焼肉、サラダ、チャーハン、みんなよく飲みよく食べる。新幹線のビュッフェ勤務はとにかく体力が勝負だ。彼女らの食べる量も半端ではない。

「お釜の中で、コメといっしょにショルダーバッグが、グツグツグツ煮えてたんやろねえ」

金野宮子がしばらくして、両手の指でグツグツ煮えている様子を再現してみせた。

「グツグツグツグツだって」

笑いのガスに再びボッと点火して、ひとりが笑い始めると連鎖的に笑いの炎が広がった。

「お腹がいたい、お腹がいたいから、もうやめて」

笑いっぱなしの誕生日会、愉しい時間はあっという間に過ぎる。洗濯し終えたシャツやジーパンは乾燥機で乾かし、喜久夫は着替えると由紀子たちに礼を言って寮を出た。


三連休が明け、喜久夫は三十四班に戻りパントリーの業務についた。気になっていた炊飯器の不始末のことだが、お咎めがないどころか問題にすらならず日が過ぎていった。

寮での誕生日会以来、班長の由紀子だけでなく、仲代もコックの宮子も貝谷裕子も、会には不参加だったレジ係の邦川よね子さえもが、喜久夫に対する態度が変わった。妙に風当たりがやわらかく親切になったといえばそういえるかも知れない。

邦川よね子は普段はレジに貼りついていて、厨房のことなど見向きもしなかったが、洗い物が溜まってくるのがわかると、シンクの前に立ち洗い物を手伝ってくれた。誕生日会で話題になった高圧ガス炊飯器の話を誰かに聞いたのにちがいなかった。

「喜久ちゃん、たいへんやってんてなあ、カバンごとパンツもシャツも炊いたんやて」

邦川よね子が喜久夫に話しかけてきた。

「炊いたわけではなくて、炊けてしまったというか」

そんなふうにこたえていると、宮子と仲代が、知らない間に喜久夫と邦川よね子に近づいてきた。なんだか笑う準備をしているかのようだった。

「カバンには、何と何が入ってたの」

邦川よね子はさらに喜久夫にたずねる。

「ほぼ全部です」

「財布とか定期券も入ってたの」

「それは無事でした、制服のポケットに入れてましたから」

「ああ、よかった」

まるで取り調べを受けているようだった。邦川よね子はふくよかなからだのわりには、神経が細やかで、班の売上げをすべて任され、会社からは信頼されている。本人にもそんな自負があった。

「そのことは、ヒミツにしてもらってますので」

喜久夫は邦川よね子に、内密にしてくれるようたのんだのだ。

「そんなんわかってるわよ、仮に話してもよ、ごはんとバッグをいっしょに炊いた人間がいたなんて誰も信じないわよ」

邦川よね子の話し方は、静かな落ちつきのある話し方で、表情もほとんど変わらなかった。

「そうよね、そんなアホなって、誰も信じないわよ」

喜久夫と邦川よね子のやり取りをそばで聞いていた仲代が、お腹を押さえて苦しそうに笑っている。

「たまたまグツグツ炊いてしまったのよね、ね、喜久ちゃん」

宮子も側でそう言うと、電子レンジの下へ行きうずくまるようにして笑いをこらえていた。

クリスマス・イブから、お正月をはさんで翌年一月七日にかけて、この十五日間の乗務の場合、給料は一律二割増となる。三十四班は通常通りの勤務日程が予定されていて、この間も「一休・三勤、月一・三休」は変わらなかった。

年末年始、ひかりとこだまいずれの列車も超満員になる。ビュッフェの稼ぎ時には違いない。しかし満員だから売り上げが伸びるかと言えばむしろその逆だった。特に一号車から三号車までの自由席には通路に人があふれ、ワゴンでの販売は動きがとれない。貝谷裕子は大変で、アルミのケージを手に提げ乗客をかき分けての販売になった。

もちろんビュッフェも満員になる。開店と同時に乗客がビュッフェ内に押し寄せてきて、窓側の固定席は早いもの勝ちで、たちまち満席になる。一旦席に座ると営業終了まで動かないツワモノもいる。班長の由紀子は割り切っていて、席をほかのお客に譲って出て行ってもらいたいとは言えないから、居座るお客に注文を取りつづける。致し方なく到着までにビール二本、カレーを二杯、コーヒーを二杯注文するお客もいる。ちなみにビール一本二百五十円、カレーライスは五百円、ホット・コーヒー八十円。トータル千六百六十円。新大阪東京間の運賃千六百円を上回ることになる。

レジのあるカウンターの右側は、二メートルほどの立ち席のバーカウンターにもなる。缶ビールと日本酒、ワインとウィスキー何でも揃っているが、いずれもかなり割高だ。それでも午後七時を過ぎると満席になり、班長の由紀子がカウンターの内側で接待をする。

お客は、由紀子班長に「お姉さん」「ねえ、ママさん」などと声をかけてきて、お酌をねだったりもする。由紀子は取り合うことはなく素知らぬふりで淡々とお客の注文にこたえている。

「さすが国鉄、無愛想だねえ」などと絡んでくる酔客もいる。由紀子は笑ってごまかしている。あいにくこちらは街角の居酒屋ではない、時速二一〇キロの超高速移動空間。お客もここで立ち飲みするのは大変なのだ。新幹線は揺れも少なく安定しているように感じられるが足元は絶えず微妙に揺れている。意識していなくてもからだはたえず揺れに耐えているのだ。そこへ酔いが重なると、やがて悪酔いし出す。トイレまでが遠くしかも満員だと身動きがとれないときている。そこでお客にビニール袋を手渡してビュッフェから退散してもらう。

ひかりなら三時間一〇分、こだまならプラス一時間。ファミリーレストランと喫茶店と弁当屋と、それからバーと居酒屋と、ビュッフェはなんでもありの仮想的飲食街でもあった。

その年の一月四日「レストラン日鉄」に途方もない激震が走った。

その日、三十四班は午後七時三十五分新大阪発「こだま一八二号」乗務の予定になっていた。新大阪発の午後七時台以降の乗務では東京駅着が十時を過ぎる。その日の内に東京駅から新大阪駅へ戻る列車はない。すなわち東京での宿泊となる。

午後三時頃、喜久夫が出社すると、本社前にパトカー三台と救急車と警察のマイクロバスが停車していた。周辺には、報道カメラが何台も入り口付近に向けられ、本社前の広い駐車場が騒然としていた。

玄関に警察官が三人いて、出入りを調べている。喜久夫も入り口で社員証を提示させられた。

二階の出発カウンターのロビーがしんとしていた。いつもならばカウンターの前では乗務予定の各班のスタッフがいて、ざわついているのだが、その様子がない。カウンターには、ふだん出発前の点呼をとっている指令員がいるのだがその姿もなかった。

出発ロビーに面した後ろ側の部屋は、これから乗務するスタッフのための控え室になっている。狭い部屋の中に長椅子が二脚置かれ、壁面に大きな「身だしなみ鏡」がある。喜久夫が控え室に入っていくと、ここにも誰もいなかった。壁の上にはテレビが据え付けてあるが、なぜかテレビのコンセントが抜かれ、壁にコードがぶら下がっている。

少しして班長の由紀子とコックの宮子が控え室に入ってきた。喜久夫は挨拶したが、由紀子班長の目が充血していた。

「喜久ちゃん、今朝ニュース見たでしょ」

由紀子は喜久夫に唐突にそうたずねた。

「見てませんけど」

喜久夫は昨晩、夜ふかしをして本を読んでいて明け方に眠りにつき出勤時間の直前まで寝ていた。急いで家を飛び出してきたのでテレビも新聞も見ていなかった。

少しして貝谷裕子と染谷伸代の二人が控え室に入ってきた。レジの邦川よね子も入ってきて班長を取り囲んだ。三人ともすでに制服に着替えていた。

「あのねえ、よく聞いて」

色白の由紀子の顔色がいちだんと青白くなり、額の血管が透けて見えるのが気になった。

「きのうの夜にね、品川寮で男性の職員が亡くなったの」

由紀子の声は小さくて聞きとりにくかった。しばらく誰からも何の反応もなかった。貝谷裕子も染谷伸代も由紀子のとなりにいて、両手を腰にあてがいじっと由紀子を見つめていた。

少ししてまた由紀子が口を開いた。

「みんなよく聞いて、さっき五分ほど前に、本部の人から聞いたことをそのまま話すね」

昨日の夜、東京泊まりの際に、別の班の男子職員が品川寮で急死した。その班は東京駅着で業務終了のあと、そのまま新幹線車庫のある品川機関区まで便乗して戻った。品川寮は品川駅から徒歩で十分ほどのところにある。全員で品川駅を出て、八ツ山橋方面に向かった。途中、電話ボックスの中に瓶入りコーラがあるのを見つけて、これを寮に持ち帰り、夕食時にそのコーラを開けて飲んだ。一口飲みおえたあと、すぐに男子職員は亡くなったという。男子職員はアルバイトの学生で、喜久夫と同じパントリーをしていたというのだ。さすがの由紀子班長の声もかすれてうわずっていた。

由紀子班長の話を聞いて喜久夫は胸がドキドキした。品川寮への道筋も寮の食堂の様子も手に取るようにわかる。ほんとうに昨夜そんなことが起きたのだろうか。想像すらできない出来事だが、喜久夫たちと同じ会社の同じビュッフェ乗務のスタッフにふりかかった現実なのだ。

そして今、なおさら切実に迫ってくるのは、喜久夫たち三十四班はこれから、午後七時三十五分新大阪発「こだま一八二号」、昨夜とまったく同じ発車時刻の同じ「こだま」に乗務することになっていることだ。

「由紀子さん、今日の乗務は中止すべきよ、たぶん本部の連中、私たちのことなんか、なんにも考えていないんだから」

貝谷裕子の横で仲代が由紀子に迫った。さすがに由紀子班長も、うつむいてしばらく左手で目を押さえていた。

「喜久ちゃん、悪いけどいっしょに来てくれる」

そう言って由紀子班長は、控え室を出て出発カウンターの奥にある本部に向かった。喜久夫は由紀子の後につづいた。

出発カウンターの奥に本部の運行業務室がある。由紀子と喜久夫が、ドアをノックして待っていると、ようやくいつもの指令員が顔をだした。

「ごめん、ごめん」と、指令員は髪が乱れ目をまっ赤にして由紀子に説明をはじめた。今日は事情が事情だから、点呼も何も出来ないので自分たちの判断で、いつも通り乗務してほしいのだ、とそれだけ言うと本部のドアを閉めて戻っていこうとした。

「あっ、ちょっと待って」

由紀子は、あわててドアを引き戻した。

「じゃあ今夜、三十四班はどこに宿泊するんですか、まさか、私たち品川寮には泊まる気はありませんから」

由紀子班長は、指令員に、短くきっぱりとした口調でそう言った。

「あ、そうか、ごめん、いやダメだ、言う通りや、何とかする、ええと、連絡するので、とりあえず、ごめん、乗務、たのむ」

いつもは自信満々で高慢な態度の指令員が、しどろもどろだった。

テレビ局はじめ報道の取材と警察の事情聴取。亡くなった男性アルバイトの家族との応対。殺人事件という経験したことのない事態へ、運行業務室だけでなく事務方は全員が対応に追いまくられていた。

それでも新幹線は走りつづける。どんなことがあってもビュッフェ業務を止めるわけにはいかない。それなのに会社は、自分たちで判断して勝手にやってくれなどと言っている。

「要するに、あてにならない人たちばっかりなのよ」

由紀子班長のボヤキを、はじめて聞いた気がした。班長と喜久夫は、ほかのスタッフにたった今わかったことだけを伝えて乗務の準備をすすめた。

一月五日午後七時三十五分新大阪発「こだま一八二号」。乗客はUターンの帰省客を含めても乗車率八十％、予想していたよりも少なかった。ビュッフェが忙しかったのは、出発して最初の一時間ほどだけだった。そのあとは手持ち無沙汰の、いつもとほぼ変わらない「こだま」乗務だった。夕食をとり損ねたお客がぽつりぽつり。あとは窓席でひとりビールを飲んでいる男のお客しかいなかった。

外は、新大阪駅を発車した時から雨が降っていたが、関ケ原の手前で雪に変わった。窓の外を雪が白線の模様を描いて水平に飛んで行く。由紀子も伸代も車販の貝谷裕子も、話す言葉も少なく途切れがちだった。

雪の影響もあるのだろうか、しばらくして客足が遠のいて「ナスビ」で伸代と宮子がタバコを吸っていた。

車販の貝谷裕子が戻ってきて、喜久夫にワゴンのコーヒーポットの補充をたのむと「ナスビ」の狭い隙間にもぐり込んできた。

「考えちゃうわ、あーあ」

貝谷裕子がため息をついた。

「パッとしないのよね、私たちって、まったく」

仲代がコンパクトの鏡をのぞきながら口紅を引き直していた。

「私たちって、まともに生きてるわよね、そう思わない、毎日なんだかんだ言ってちゃんと働いてるわよ」

貝谷裕子がひとり言のようにそんなことを言った。

「まともに生きてるかどうか、そんなの考えたこともないわ」

仲代は、コンパクトの鏡をのぞき込み、パフでお白いを伸ばしている。

「仕事がたのしいからやってられるの、いろんなお客さんにも会えるしね、でも私、ほんとうにこれでいいのかって考えちゃうの、こんなんで何年もやっていけるのかって」

「私なんかここしか行くところがないもの」

と、仲代。

「そうよね、あーあ、考えるのやめよ」

貝谷裕子はさっと立ち上がり、ワゴンを押して車販に出ていった。

外は雪がますます勢いを強めていた。浜松のあたりだろうか窓の外を街の灯りが雪の中を揺らめきながら飛んでいく。白銀色の街路灯、青や赤の信号機、車の赤いテールランプが白い闇の中を横切っていく。

しばらくして列車は急にガクンと減速しだした。ビュッフェ壁面の速度計の針が時速一〇〇キロを指している。三島駅を過ぎ新丹那トンネルを抜けると、雪はふたたび雨に変わった。まるで台風のような激しい雨だった。列車はつぎの熱海駅に停車してしばらく動かなかった。

停車中に本部から連絡が入った。三十四班は業務終了後、東京駅に近い八重洲のビジネスホテルに宿泊するようにという指示だった。

熱海駅で十五分間停車したあと列車は速度を徐々に上げていく。雨は降りつづいていて、発車時からずっと暗く長いトンネルを走りつづけているような、長い業務に感じられた。

午後十一時四十二分「こだま一八二号」は、十五分遅れて東京駅に到着した。冷たい雨が降っていた。東京駅を出ると八重洲の中華料理店で遅い夕食にありついた。深夜十二時を過ぎていた。店の中は会社帰りの客でいっぱいだった。テレビで昨日の事件のことを報じていた。正確には一昨日のことになる。「無差別殺人の可能性」というテレビアナウサーのひと言が気にかかった。喜久夫は手足が冷えてからだがブルブルふるえていて、中華丼とラーメンのあたたかさがありがたかった。班長の由紀子や仲代たちもそれぞれ何か食べていたが、寒さと疲労で誰も口をきく者はいなかった。

喜久夫はビジネスホテルに入ると、シャワーをしてすぐにベッドにもぐり込んだ。疲れているのになかなか寝付けなかった。ホテルの窓の向こう側は黒いビルの壁面だ。世の中には意味不明のどうにもならないことがたくさんあるのだ。せまい部屋の灯りを消すとまっ暗闇になった。すると恐ろしくなって、喜久夫はまた部屋の灯りをつけたまま眠った。

翌朝、三十四班は午前九時〇〇分東京駅発下り「ひかり十九号」新大阪行に乗務した。下りの名物は横浜のシューマイ弁当。喜久夫が弁当箱にライスを入れていく、宮子が冷凍のシューマイを電子レンジで温め、喜久夫と班長がシューマイ八個を手分けして弁当箱に詰め、伸代がしょう油とカラシを入れフタをし、化粧紙を乗せゴムで留めると、貝谷裕子がワゴンに積み込みビュッフェを出ていく。シューマイ弁当一〇〇個は、十六両一往復で完売の予定だ。

気の晴れない乗務だった。コックの宮子、接待の伸代、車販の貝谷裕子、レジの邦川よね子も、列車が走り出し一旦業務が始まると、みんなそれぞれふだんと変わることなく仕事に取り組んでいた。

シンクに溜まった皿やコーヒーカップの洗い物を片づけていると、コックの宮子が喜久夫に近づいてきた。

「喜久ちゃんて、なんでいつもめっちゃ元気やの」

宮子の方から喜久夫に話しかけてくることなどめったになかった。喜久夫は、洗い物の手を止めて宮子のことを見た。宮子は白いコックの制服にコック用の短めのエプロンをきつく締めている。ハイネックの上着の襟首の第一ボタンを外し、腕まくりをし、ちょっと兄(あん)ちゃん風の着こなしをするのがいつもの宮子のスタイルだった。

「今日も元気かなと思って聞いてみただけ」

そう言って宮子は、喜久夫の顔をしばらく見ていた。

「宮ちゃん、なんでぼくがいつも元気なんか、知ってる?」

「知らんけど」

宮子は腕組みをして、喜久夫のことをじっと見ている。

「アホマジメやからや」

「喜久ちゃんて、ほんまにアホマジメなん」

「そうや、ぼくはアホマジメや、マジメだけやったらおもろないやろ、マジメなんてハタ迷惑なだけや、アホはおもろいんや」

「そうやアホはめっちゃおもろい」

「マジメプラスアホ、イコールアホマジメ、わかる?」

「わからんけど、わかったような気がする」

宮子は、腕を組み直してうんとうなずいた。

「けどアカン、きょうはからだにアホ・エネルギーが湧いてこないんや」

喜久夫は上半身を左右にねじってそんなことを言った。

「ふーん」と宮子は腕を組んだまま顔をほころばせた。

「宮ちゃん、ぼくって電池式やて知ってたやろ」

「電池式？　知らんよ」

「今な、ぼくの電池が切れかかってるのや」

喜久夫は、今度はしゃがんで足の屈伸をした。

「へー、喜久ちゃんは電池式やったんか、知らんかったわ」

宮子が笑った。

「電池切れたらどうなるの」

「こんなふうになるんや」

喜久夫はからだのチカラが抜けて、ヘナヘナヘナと下に崩れていく仕草をしてみせた。

「わー、オモロイなあ、もう一回やって」

宮子がそう言う。またヘナヘナと足元から崩折れていく仕草を繰りかえした。仲代からハンバーグ定食のオーダーが入って宮子は、「オモロイなあ、うふふふ」と笑いながら厨房の持ち場に戻って行った。

「あっ、また間違えた」

邦川よね子がレジを打ち間違えたようだ。集計が一円でも違っていると、終了後、本部で精算する時に大変やっかいなことになるのだ。邦川よね子にしてはめずらしいミスだった。レジの集計機を鍵で開け、すでに打ち終えた細長い集計用紙をぜんぶ抜き出している。たった十何円打ち間違えたために、もう一度、一からすべて一行一行打ち直していく。邦川よね子は二メートル以上ある集計用紙を肩に掛け、集計機のキーを叩いていく。

「喜久ちゃん、ないしょにしといてよ」

邦川よね子が、小声で喜久夫に言う。

ひかり十九号のビュッフェは小田原を過ぎたあたりで再び満席になった。カウンターの立ち席も埋まっていた。忙しいほうがよかった。余計なことを考えるヒマもなく、時間があっという間に過ぎていくからだ。カレーライスとスパゲティ、コーヒーのオーダーが切れ目なく入った。

「喜久ちゃん、コーヒーお願い」

車販の貝谷裕子がふうふう息を切らせてビュッフェに戻ってきた。空になったジャーポット二本を喜久夫の前のカウンターに置く。

「ハイよ」

喜久夫がこたえる。

「今日はなぜかコーヒーばかりよく出るのよ」

貝谷裕子は、ジャーポットの栓を開けシンクの端に置く。一本のジャーポットにコーヒーが二リッター入る。これを二本分。

「ぼくの入れたコーヒーは美味いからね、アホマジメ風スペシャルコーヒー」

喜久夫は重いコーヒーサーバーの取っ手を両手でしっかりと握り、入れたてのコーヒーをジャーポットにそそぎ入れる。湯気が立ちのぼり喜久夫は顔を背ける。

新幹線がトンネルに入る瞬間、ボンと音がして車体が左右にゆれる。その時、喜久夫の横に立っていた貝谷裕子がバランスを崩して「キャッ」と喜久夫に寄りかかってきたのだ。喜久夫はコーヒーサーバーを両手に持ったまま、貝谷裕子を受けとめるのに大変だった。

「喜久ちゃん、ごめん、だいじょうぶだった」

貝谷裕子は喜久夫の背中に手をあててあやまる。二本のジャーポットにようやくコーヒーを入れ終える。「ハイお待ち」喜久夫が言うと、貝谷裕子はジャーの栓を閉めながら、下から喜久夫を見上げている。いちだんと大きく見開いた貝谷裕子の目がきらめいて見えた。ほんの一瞬のことだが、喜久夫の中に熱いものが流れ込んできて心がぐらりと揺れた。満杯のジャーポットを、喜久夫はワゴンに積み込むのを手伝った。貝谷裕子は、喜久夫のことをちらりと振り向いて見ると、急いで車販にでかけて行った。

「コラ喜久夫、このど助べえ、言っとくけどな裕子に手を出したらアカンよ」

貝谷裕子が車販に出かけた直後に、仲代が喜久夫に近づいてきて耳元でそうささやいた。

「え、なにが」

「さっき裕子のからだにさわったやろ」

「さわってません」

「いいや、私、見てた」

「さわってませんて」

「けど、見つめ合ってた」

「見つめ合ってません」

「うそや、私、見てた」

さっき貝谷裕子と目を見合わせた瞬間に、喜久夫の心に確かに熱い何かが流れ込んできたのは事実だった。けれど、ほんの刹那のことで、その先もつづきもない。

カウンターの立ち席も満席になっている。ずらりとお客が並び。ま正面には老夫婦がいて、サンドイッチでコーヒーを飲んでいる。七十歳くらいだろうか、婦人の方がさっきからずっと伸代と喜久夫のことが気になるのか交互に視線を送っているのがわかる。

「言っとくけど、裕子はアカンからね、彼氏がいる、わかる、彼氏よ、結婚を前提にした相手、ざんねんねんやったねえ」

「ざんねんて、関係ないですよ」

「ええのよ喜久ちゃんは、だからほかの女にしときなさい、私でもええのよ、どう」

「どうって、何のことですか」

カウンター越しの夫人には、小声で話す伸代と喜久夫のやり取りが聞こえているのだろうか、喜久夫の顔を見て笑っている。

「喜久ちゃんも男やったんやねえ、みんなで心配してたんよ、女ぎらいの男好きとちゃうかってね」

するとと今度は伸代が急に押し黙った。

喜久夫はあれっと思った。伸代は、シンクに張ったお湯に、両手を入れたままじっとして動かない。

「アカン、喜久ちゃん、私、アカン」

伸代が弱々しい声でそう言うと。喜久夫にもたれかかってくる。寄りかかったままふーふーつらそうに長い息をしている。さっきまでの快活な伸代の様子と明らかにちがっている。

「だいじょうぶか伸ぶちゃん」

喜久夫が声をかけてもこたえない。寒いのか下唇が小刻みにふるえている、ふっくらした桃色の伸代の顔がだんだん蒼白く変わっていく。額から汗が吹き出ていて頬に流れ落ちる。目のまわりのマスカラが溶けて目尻から黒い涙のように流れているのがわかった。

「伸ぶちゃん」

喜久夫が声をかけた瞬間に、伸代はシンクの前に腰から崩れるように尻もちをついてしまった。

カウンター越しの夫人が、驚いて伸代のことを見ていた。

「あら、あなた、たいへんどうしたの」

夫人は声をかけながらカウンターの内側に入ってこようとした。すぐに班長の由紀子が飛んできた。由紀子は、夫人がバッグからハンカチを取り出そうとするのを押しとどめた。

「お客さまだいじょうぶですので、すみませんご心配をおかけしまして」

タイミングよく窓際の席が二席空いたので、老夫婦にはそちらへ移動してもらうことにした。

喜久夫のすぐ近くには邦川よね子がいて、すでに間違えたレジの集計を元通りに復元させていた。伸代の様子を見て、班長の由紀子に何ごとか話しながら目くばせしている。

邦川よね子は「ナスビ」にバスタオルを二枚重ねて敷き、由紀子が伸代の背中をさすりながら「ナスビ」へ誘導して横にならせた。

喜久夫は伸代の様子が気になって「ナスビ」に近づいて行った。

「喜久ちゃんはいいから」

と、邦川よね子に手で押し戻されてしまった。

邦川よね子は、伸代の足元にしゃがんでいて靴を脱がせ、何かごそごそ手を動かしている。喜久夫からは、邦川よね子の大きな背中がブラインドになって何をやっているのかわからない。班長の由紀子は、シンクの蛇口から熱い湯をタオルに染み込ませ、伸代の顔を丁寧にぬぐっていた。

この間にもオーダーが入りつづける。伸代のことを邦川よね子にまかせて、班長の由紀子はオーダーをとり、配膳し、ビュッフェの中をひとりくるくる動き回った。貝谷裕子がワゴンを押して戻ってきたので、車販を中断して貝谷裕子に接待を手伝ってもらうようにした。

貝谷裕子も「ナスビ」に横たわっている伸代の様子を見ていた。

「伸ぶちゃんだいじょうぶですか」

喜久夫は貝谷裕子にたずねた。貝谷裕子は知らん顔をしていた。

「喜久ちゃんはいいの、伸ちゃんときどきあるのよ」

コックの宮子が喜久夫に近づいてきて小声で言った。

「顔色がまっ青でふるえてたけど、一昨日のあの事件のショックかなんかあるんとちがうかなあ」

喜久夫は、宮子にそう言った。

「あ、もしかしたら関係あるのかなあ、うーん、ぜんぜん関係ないのかなあ」

あいまいな言い方だった。

「事件のショックで、からだに異変が起きたんとちがうのか」

喜久夫はまた宮子にそうたずねた。

「あんな事件のことで、伸ぶちゃんに異変なんか起きるわけないやろ、あのねえ、喜久ちゃんの電池切れと同じよ」

フン、と鼻で笑って宮子はコックの仕事に戻っていった。見れば宮子の顔が喜久夫を見てうふふと笑っている。『ア・ホ・マ・ジ・メ』口パクで、そう言っているのがわかる。

列車は名古屋駅に到着。満員だった乗客が半分ほどになった。ビュッフェのお客も波が引くみたいにいなくなった。さっきカウンターの前にいた老夫婦もいなくなっていた。

ふと見ると「ナスビ」の背中側にある冷蔵庫の端に、ビニールのゴミ袋が二つ転がっている。半透明のゴミ袋の中にタオルが丸めて入れてあって、そのタオルがまっ赤に染まっているのが見えた。

そもそもゴミ出しの作業は喜久夫の仕事で、普段、あの場所にゴミ袋を出しておくことはない。おそらく邦川よね子がそのタオルをゴミ袋に入れて出したのだろう。

岐阜羽島駅を通過した頃、ようやく伸代がからだを起こした。一時間近く伸代は「ナスビ」で横になっていたのだ。

「なんか、お腹すいた」

伸代がつぶやくように言って「ナスビ」に中腰になっている。伸代の顔はメイクがすっかり取れてスッピンだった。宮子が言っていた通り、伸代は元気をとり戻しつつあった。

そういえば喜久夫も朝から何も食べていなくて腹ペコだった。喜久夫は由紀子班長に、何か食べるものを作ってもいいかたずねてみた。

「ここだけの話にするならいいわよ」

少し遠回しな許可が返ってきた。喜久夫には前々から一度作ってみたいと考えていたメニューがあった。

「絶望のスパゲティ」は、学生時代、喜久夫がよく通った阿倍野のジャズ喫茶のマスターが教えてくれたものだ。ニンニクと唐辛子とオリーブオイルしか入っていないスパゲティ。イタリアの底辺の労働者が食べるものだと聞いていた。

ビュッフェには、スパゲティの麺が大量に積み込んである。業務終了後、余ったスパゲティは、本社の残飯入れに捨てられる。今日はスパゲティの売れ行きがあまりよくなかったので、このままだと大半が売れ残ってしまう。

喜久夫は宮子に、ニンニクの代わりに玉ねぎのスライスを切ってくれるようお願いした。鍋に、玉ねぎのスライス、唐辛子、オリーブオイルを入れ電熱器で炒める。そこへ電子レンジで温めたスパゲティを入れ、塩とコショウで味を整える。

「ハイ、絶望のスパゲティ、あがり」

喜久夫はそう言って小皿に六人分取り分けた。かつてジャズ喫茶のマスターがふるまってくれた味とはだいぶ違っているが、こちらはこれで違和感なく入ってくる素朴な味わいがあった。伸代も班長の由紀子もみんな食べて評価はまずまずだった。とりあえず空腹が満たされた。

ビュッフェの中で、お客からの新規の注文が入った。伸代はティッシュでフンと鼻をかむと「さて」と立ち上がりお客のところへ急いで行く。

「ハンバーグ、ワン、ビーフシチュー、ワン、コーヒー、ツー」

伸代がすぐにオーダーを入れた。喜久夫は返事して、ビーフシチューの缶を開け、ライスを二枚皿に盛り、コックの宮子が、大皿にキャベツと玉ねぎのスライス、胡瓜、トマトを盛り付け、ハンバーグを載せソースをかける。追っかけコーヒーを二つカウンターに用意した。シンクには皿やコーヒーカップの洗い物が山のように溜まっていく。貝谷裕子もコーヒーをジャーに補充すると車販のワゴンを押して四号車へ出かけて行った。

「いらっしゃいませ」

班長の由紀子のよく通る声がビュッフェに轟いた。列車の出発の笛が鳴り響くような声だった。ビュッフェスタッフのギアが一気に上がった。

ひかりが米原駅をズンと風を切って通過する。喜久夫の中で、一昨日のイヤな事件が、はるか昔のことのように遠ざかっていく。

「ハイ、ハンバーグ上がりー」

コックの宮子のいつになく元気な声が由紀子の声に呼応する。

「宮ちゃん、バッグの炊き込みご飯、ワン」

喜久夫は、宮子にオーダーを入れた。

宮子が喜久夫を見て「え」と言ったが、すぐにブーッと笑った。

「オーダー、入りまーす」

伸代のいつも通りの甲高いハリのある声が追っかけてきた。

「ビーフシチュー、ミースパ、コーヒーツー上がり」

喜久夫も腹の底から声を張り上げていた。

何もかも今まで通りだった。さっきまで青ざめていた伸代の顔色が、だんだん桃色に変わっていくのがわかった。喜久夫は、このまま、この調子のまま、この列車がいつまでもどこまでも走りつづけてくれたらいいのにと思っていた。

*

あとがき

昭和四十年代、五十年代は激しく揺れ動いた時代だった。ベトナム戦争が熾烈さを極めていた。昭和四十四年、東大安田講堂事件が起きた。全国の大学で学園紛争が起こり、学生であった著者もデモ隊の中にいた。昭和四十五年、よど号ハイジャック事件があり、三島由紀夫の割腹自殺事件もこの年、成田空港の開港阻止を訴える三里塚闘争はこの翌年のことだ。

つぎつぎに起こる社会的事件。本著ではこれら事件との関連について書いている訳ではない。時代を背景に、日々屈託を抱えたまま右往左往する私自身の点景について描いている。

昭和四十七年（一九七二年）五月、沖縄の施政権返還が行われた。その翌年七月に沖縄へ旅をした。

『ペリーの巣』は、その時の旅の記録。この年、あさま山荘事件が起きる。警察との銃撃戦。テレビは連日ニュースを放映しつづけた。さらにこの事件の全容が明らかになり、群馬県妙義山で、同志へのリンチ事件があり数名が悲惨な死を遂げた。いわゆる連合赤軍事件だ。この事件を知って正直強いショックを受けた。著者はどの事件にも関与をしていない。関与はしていなくても意識をしていた。一気に心が醒めてシラケてしまった。ひとつの時代の終焉を感じたのも確かだった。

作中「夢眠」という人物が登場する。当時沖縄には、行き場を見失った者たちが大勢流れつき浮浪していた。「夢眠」もそのひとりだった。そのひとりと出会い、那覇の街中をさまよい歩いた。

『砂まみれのビートルズ』は、私の高校二年の一年間のほぼ実像だ。ビートルズ東京公演（昭和四十一年）があり、部活があり、疾病と留年の苦悶があった。誰にも多感な時期の戸惑いはある。しかし私の人生の中でもこの一年間ほど著しく身悶えたことはなかった。ビートルズ来日は、ひとつの時代のはじまりを告げる嚆矢となったように思える。

『絶望のスパゲティ』は、昭和五十二年。新幹線が東京・新大阪間にしかなかった時代。車内のビュッフェに勤務していた。大学は出たが、すぐに就職できずにいた。なぜかまっすぐに進むことにためらいがあった。迷走流転。仕事を転々とした。

一九六五年から一九七四年の十年間は、私の青年期と重なる。どうにもならないやるせなさと、どうにかなるさという暢気さが、たえず私の中でせめぎ合っていた。『風』という歌がある。はしだのりひことシューベルツの曲。過ぎた日々をふり返っても「そこにはただ風が吹いているだけ」だと歌う。その通りかもしれない、ならばその風のさらに向こう側に分け入ってみたいと思った。スマホもパソコンも何もなかったけれど、世の中は、今よりもはるかに活気があり、ギラギラ輝く目をした若者たちがいて、彼らのまわりを熱い風がたえず吹きぬけていた。

ご指導いただいた東西の両師、川崎彰彦氏と小沢信男氏。出版にあたりご苦労をおかけした編集工房ノア涸沢純平氏に、心から感謝申し上げます。

令和元年九月吉日

あいちあきら

初出

ペリーの巣　「新文学」　一九七四年六月号

砂まみれのビートルズ　「黄色い潜水艦」十八号　一九九二年十一月

絶望のスパゲティ　「黄色い潜水艦」六号　一九八六年十一月

あいちあきら
大阪府出身
昭和二十四年（一九四九年）十月十一日生
コピーライターとして広告制作に携る
平成十七年『へんろみち』（編集工房ノア刊）にて
第二〇回日本自費出版文化賞エッセイ部門賞受賞
〒350-1257埼玉県日高市横手一-二七-七

ペリーの巣
二〇一九年十二月一日発行
著　者　あいちあきら
発行者　涸沢純平
発行所　株式会社編集工房ノア
〒五三一―〇〇七一
大阪市北区中津三―一七―五
電話〇六（六三七三）三六四一
FAX〇六（六三七三）三六四二
振替〇〇九四〇―七―三〇六四五七
組版　株式会社四国写研
印刷製本　亜細亜印刷株式会社

ISBN978-4-89271-315-6

リレハンメルの灯　宮川芙美子

主人公がつとめる乳児院では、二歳までの子を預かる。その状況は「年々荒んでいる」。そして祖母、母、兄…人々の生と死（小沢信男氏）。　一九〇〇円

ミス・カエルのお正月　宮川芙美子

乳児院を描いた表題作他。エッセーと小説のあわいにある静かな文章。技巧に堕さず、感情を抑えて描く。誠実に心打たれる（山田稔氏評）。　一七四八円

インディゴの空　島田勢津子

インディゴブルーに秘められた創作の苦悩と祈り。「おとうと」の死の哀切。障害者作業所パティシエへの私の想い。心の情景を重ねる七編。二〇〇〇円

遅れ時計の詩人　涸沢　純平

編集工房ノア著者追悼記　大阪淀川のほとり中津路地裏の出版社。本づくり、出会いの記録。港野喜代子、清水正一、天野忠、富士正晴他。　二〇〇〇円

詩と小説の学校　辻井　喬他

大阪文学学校講演集＝開校60年記念出版　小池昌代、谷川俊太郎、北川透、高村薫、有栖川有栖、中沢けい、奈良美那、朝井まかて、姜尚中。　二三〇〇円

小説の生まれる場所　河野多恵子他

大阪文学学校講演集＝開校50年記念出版　黒井千次、小川国夫、金石範、小田実、三枝和子、津島佑子、玄月。それぞれの体験的文学の方法。　二二〇〇円